이야기들이
이어지는 곳에서
당신을
생각합니다

2022.8

아라의 소설

아라의 소설

정세랑 미니픽션

안온

차례

A side 보편적이면서 보편적이지 않은 디테일들

Centre 유독하고도 흡족할 거예요

B side 잘 속지 않는 세대에 속했다는 것

A
side

보편적이면서
보편적이지 않은
디테일들

아라

초커가 유행할 때도, 유행하지 않을 때도 초커를 했다. 두 개 있었다. 아라가 직접 만든 것으로, 면사에 작은 은 펜던트를 달아 사계절 착용감이 좋았다. 목을 가로지르는 가느다란 검은 선이 좋았다.

태어난 곳은 W지만 기억은 거의 나지 않고, H에서 내내 자랐다. 스키 리조트 바로 아래 펜션이 집이었다. 펜션은 성수기에나 가끔 손님이 들고, 비성수기에는 거의 비어 있다. 낡았는데 고칠 돈이 없었다. 리조트가 방갈로를 신축하는 바람에 더더욱 손님이 드물어졌다.

환경이 환경이다 보니 아라는 스키를 잘 탄다. 겨

울에는 강사 아르바이트를 한다. 강사들에게는 숙소가 제공되는데, 아라는 숙소가 필요 없음에도 거기 묵었다. 집보다 편했다. 첫날에 쌀 한 포대, 냉동홍합 한 포대를 여섯 명이 머무는 방마다 나눠 줬다. 그게 '식사 포함'의 의미인 걸 깨닫고 멀리서 온 아르바이트생들은 분개했지만, 이내 홍합으로 온갖 걸 해 먹었다. 낮에는 초등학생들을 가르치고 저녁에 홍합 국물로 속을 데운 다음 야간 스키를 탔다.

"이게 눈이야, 얼음이야? 설질이 너무 나빠."

투덜거리면서도 모두 신나게 탔다. 조명도 음악도 밤이 나왔다. 햇빛으로 눈이 부시지 않았고 어른들의 음악이 나왔다. 아라는 좀처럼 넘어지지 않아서 스키복도 입지 않았다. 데님을 입고 탔다. 아무리 빠르게 타도, 과감하게 타도 넘어지지 않는다는 걸 알고 있었다. 보드도 탈 수 있긴 하지만 두 발이 한꺼번에 묶이는 게 싫어서 잘 타지 않는다.

눈이 녹기 시작하면 사람들은 돌아간다. 대학생들은 개강을 하고, 그중 몇 명은 아라와 연락처를 교환하기도 한다.

"너는 여기 계속 있기에 너무……."

"너무 뭐?"

아라가 다시 물으면 말하던 사람은 늘 형용사를 찾지 못했다. 아라는 형용사의 빈자리를 좋아했다. 그것은 기대감 같은 것.

기대감으로 겨울을 기다리지만, 다른 세 계절은 겨울보다 길었다. 봄과 가을이 짧다 해도 여름이 길었다.

리조트의 작은 수영장만으로는 관광객을 끌기 어려웠다. 여름의 H는 한산해지고, 아라는 두 가지 아르바이트를 해야 했다. 낮에는 카트 트랙에서, 밤에는 한우집에서 일했다. 카트 트랙에서는 사람들에게 헬멧을 빌려주고 안전벨트를 체크하고 간단한 설명을 한 다음, 서른 바퀴를 돌면 수신호를 보내 들어오게 했다. 낡디낡은 카트였다. 항상 3분의 1에서 4분의 1은 고장 나 있었다. 어떤 사람들은 위험할 만큼 속도를 냈고 어떤 사람들은 싱겁게 천천히 몰았다.

아라는 양쪽 다 좋아했다. 누가 어떻게 몰 것인지는 전혀 예측할 수 없었다. 핸들을 잘 돌리게 생긴 근육질 민소매의 남자가 모범택시처럼 운전할 때도 있었고, 네 살 아이를 옆에 앉힌 채 폭주하는 젊은 엄마도 있었다. 여름이 깊어갈수록 헬멧에서는 냄새가 났다. 잘 뒤집어서 햇볕을 향하게 두어도.

한우집에서는 서빙을 했다. 아라는 쟁반 균형을 잘 잡는 편이었다. 한 번도 뭘 쏟은 적이 없다. 유니폼 같은 건 없었다. 아라는 초커를 하고, 티셔츠를 입고, 똑같은 데님을 입은 채로 앞치마만 둘렀다. 고기를 끝없이 날랐다. 사람들은 고기를 먹기 위해 H까지 왔다. 소들은 어디서 죽어가고 있을까? 소가 죽는 소리를 들은 적은 없는데. 아라는 어쩐지 H에 소가 그렇게 많다는 걸 믿기 어려웠다. 제주도에 사는 사람은 돼지에 대해서 비슷하게 생각할까?

손님이 없는 날은 검은물잠자리가 가게 안팎을 날아다니는 걸 구경했다. 아라는 어릴 때 검은물잠자리가 요정이라고 믿었었다. 도시로 이사 간 친구는 그곳엔 검은물잠자리가 없다고 이야기해주었다. 초커에 잠자리 모양 펜던트를 달고 싶다고 아라는 생각한다. 인터넷으로 주문하면 작은 봉투에 담겨 올 것이다. 몇 그램도 나가지 않을 펜던트가. 진짜 검은물잠자리의 무게는 어떻게 될까, 펜던트보다 무거울까? 가끔 궁금하지만 잠자리를 잡지는 않는다. 정육 저울에 잠자리를 달 수는 없을 것이다.

밤 11시 반쯤, 콜라비 밭과 비트 밭을 가로질러 돌아온다. 콜라비도 비트도 별로 좋아하지 않는다. 특히 비트는 몸을 그대로 통과하는 붉음이 어쩐지 기분 나쁘다. 어릴 때 놀았던 계곡 위로는 고속도로가 놓였다. 고속도로가 산을 피해 높게 높게 지어져서 풍경이 좀 이상해졌다. 적어도 10층 높이가 아닐까, 아라는 가늠해본다. 도로 곁에 10층 건물이 없어서 비교가 어렵다. 계곡에서 함께 놀던 남자아이는 얼마 전 비트 밭에서 아라의 목을 조른 적이 있었다. 손에 돌이 잡혀서 그 아이를 실명시키기 직전까지 때려 벗어났다. 가끔 그 부근을 지날 때 숨

이 막힌다. 호신용구를 시켰다. 뾰족한 쇠막대, 돌
보다 확실한 물건이다. 택배는 언제나 하루 반이면
온다. 가끔은 하루 만에 올 때도 있다.

"거기 요즘 들썩들썩해?"

이사 간 친구가 전화를 걸어 물었다.

"왜?"

"올림픽 때문에?"

"아무래도."

"사람들이 못생긴 걸 잔뜩 만들어놓고 가겠네."

"응. 아르바이트해야지."

전화를 끊었다. 길에는 아라밖에 없었다.

밤에는 검은물잠자리가 보이지 않는다. 잠자리가
날고 있는데 보이지 않는 걸까, 잠들어 있는 걸까 아
라는 가로등 아래에서 빛의 바깥을 바라보았다.

쪽컬렉션-'한쪽으로 읽는 밤'
쪽프레스, 2016년 11월

이 이야기를 쓰며 엽편소설을 쓰는
즐거움을 한껏 느꼈던 기억이 있다.
받침이 없는 이름을 찾다가 아라라는 이름을 골랐는데,
어쩐지 마음에 들어서 이후 여러 번 쓰게 되었다.
가까운 사람 중에 같은 이름이 없어서
더 편히 쓰는 이름인 것 같다.
가장 과감한 주인공에게 자주 붙이는 이름이다.

10시, 커피와 우리의 기회

하루에 커피를 다섯 잔씩 들이켜던 때가 있었다. 이제는 전생처럼 느껴진다. 나이를 한 살 먹을 때마다 세상을 더 잘 이해할 수 있는 방향으로 정교해지는 건 좋지만, 카페인 내성만큼은 끝없이 추락하고 있었다. 빨갛게 열려서 까맣게 볶아지는 그 아름다운 열매를 어느새 마음껏 누릴 수 없게 되어버린 것이다. 오후 3시 넘어서 마시면 밤을 꼬박 새우고, 심지어 점심 직후에 마셔도 좀 위태롭다. 다음 날에 지장을 주지 않고 마실 수 있는 한계선은 이제 오전 10시에 머물러 있다. 오전 10시까지, 딱 한 잔.

그렇게 체질이 바뀌고 나서 바리스타 수업을 들

었다고 말하면, 다들 나를 이상하게 생각하는 듯했다. 하루에 한 잔 마실 수 있는 사람이 대체 왜 그런 시간 낭비, 돈 낭비를 하느냐고 친한 친구들은 대놓고 묻기도 했다. 하루에 한 잔이니까 그게 최고의 한 잔이 되길 바라는 마음을 이해하는 사람은 적었다. 두 계절쯤 수업을 들으니 깨닫는 것들이 있었다. 핸드 로스팅을 별로 좋아하지 않고, 남미보다 아프리카 원두를 좋아하고, 드립보다 에스프레소를 좋아하는구나…… 그런 것들이었다. 그리고 제대로 된 에스프레소 기계는 천만 원을 훌쩍 넘기므로 도무지 집에다 구비할 수 없었다. 수업의 강사였던 가을 씨와 친해지게 된 것은 다행이었다. 가을 씨의 카페는 집에서 자전거로 15분이면 갈 수 있는 곳에 있었고, 오전 8시에 연다는 것도 마침맞았다. 지하철역 바로 안쪽 골목에 자리 잡고 있어서 근처 직장인들은 무슨 강물처럼, 강물 속의 물고기들처럼 카페에 들렀다 갔다. 나는 9시 반쯤 도착해서 10시에 마지막 한 방울을 마셨다. 마실 때마다 감탄했다. 살 것 같았다. 가을 씨는 내가 한 잔밖에 마실 수 없다는 걸 안타까워했기에 매일 최상의 원두로 특별히 신경을 써서 준비해주었다. 그런 가을 씨에게도 고민이 있었다.

"나 정말 어떡하지?"

봄가을에 찾아오는 알레르기성비염이 문제였다. 20대 때는 전혀 없던 증상이 30대 후반에 이토록 심해질 줄은 몰랐다고 한다. 치료도 받고 약도 먹지만 영 힘든 모양이었다.

"풀꽃들도 말이야, 민폐 좀 작작 끼치고 삽입 섹스 좀 하면 좋겠어. 풀꽃들이 번식하는데 내가 왜 괴로워해야 해? 커피 맛도 잘 안 느껴지고 이 계절만 되면 울고 싶다."

가을 씨는 우는 대신, 커피 맛을 판별하는 데 종종 나의 혀를 빌렸다. 보완 의견을 내는 일. 그것이 단골 카페에서 내 역할이었다. 지난번 것보다 좀 시지 않아? 잡맛은 없어? 후미가 길지? 가을 씨는 진지하게 물었고, 나 역시 의무감과 책임감으로 커피를 입안에 머금으며 의견을 더했다. 언제부터 서로 반말을 썼는지도 모르게 친해져버렸다. 그래서 가을 씨가 갑자기 존댓말로, 평소보다 심각하게 말해오자 긴장하고 말았다.

"이번 커피는 평소보다 예민하게 마셔봐줘요. 판도가 바뀔 수도 있는 원두라서 그래요."

"판도가…… 바뀌어……?"

가을 씨는 어리둥절한 나를 내버려두고, 내가 제일 좋아하는 잔에 진하면서도 맑은 커피를 내려 내밀었다. 천천히 마셨다. 코와 혀를 다 써서.

"어땠어?"

"미묘하게 평범한 맛이면서, 또 향은 엄청 풍부하네? 뭐야, 이 커피?"

"실험실에서 재배된 커피래. 농약도 안 쓰고 물도 엄청 안 쓴대. 전 세계의 바리스타들한테 평가해달라고 샘플을 보낸 거야. 뭐라고 평가하지? 맛있는 원두들을 아무렇게나 막 섞은 것 같은 느낌이긴 한데……"

가을 씨가 쓰는 커피는 공정무역 커피였지만, 가을 씨도 나도 언제나 죄책감을 가지고 있었다. 커피는 열대우림을 파괴했고 환경을 오염시켰으며 현지 사람들은 커피를 생산해내느라 식량 주권을 심각하게 침해당하곤 했다.

"……과찬하자. 아주 아주 조금만 과찬해버리자."

내가 말했다. 과찬해서, 이 매력이 애매한 원두에게 기회를 주자. 더 나아질 기회를.

"역시 그쪽이 좋겠지?"

가을 씨가 고개를 끄덕이며 동의했다. 우리는 머리를 맞대고 적당한 찬사의 말들을 메모지에 끼적이기 시작했다. 무심코 핸드폰을 들여다보니, 깔끔하게 10시였다.

'24분의 1' 코너 中 오전 10시
〈월간 윤종신〉, 2019년 10월

친구들이 점점 커피를 못 마시는 몸이 되어가는 걸

아슬아슬하게 지켜보았는데 나에게도 그런 일이 일어나버렸다.

사흘에 한 번 정도만 오전에 마실 수 있게 되어 슬프다.

가을이라는 이름은 독자 분이 빌려주셨는데

언젠가 긴 이야기에서 또 쓰고 싶은 이름이다.

22시, 기적의 취객 사파리

어린 시절 동네 친구가 어른이 되어 다시 동네 친구가 되기는 쉽지 않다. 서울 부동산은 그렇게 만만한 게 아니기 때문이다. 그래서 유경과 지나에게 그런 일이 벌어지자, 한껏 기뻤던 나머지 한 사람은 두 아들을 키우느라 육아휴직 중인 공무원, 한 사람은 비혼의 전업 작가라는 간극에도 불구하고 둘은 급격히 가까워졌다.

"휴직 좋아하시네. 내가 이렇게까지 과로한 적이 또 없었다."

유경은 육아휴직의 휴 자가 마음에 안 드는 모양이었다. 두 사람이 만나는 시간은 언제나 밤 10시

이후였다. 유경의 아이들은 평균보다 늦게 잠드는 경향이 있었다.

"그야, 너도 잠이 없는 편이었잖아. 맨날 라디오 듣다가 새벽에 자지 않았나?"

지나가 중학생 때의 유경을 떠올리며 말하자, 유경은 그런 것까지 닮을 필요는 없었다며 투덜댔다. 유경의 남편은 유로스포츠Euro sports 채널의 소리를 한껏 죽인 채 어딘가 먼 곳의 경기를 보며 아이들 방을 향해 귀를 쫑긋 세우고 있을 테고, 유경과 지나는 밤의 자유를 만끽했다. 유경은 운전을 필요로 시작했지만 곧 꽤 즐기게 되었는데, 전업 작가인 지나는 경제 규모가 작은 편이라 차가 없었기에 유경의 옆자리에서 드라이브를 하는 게 신선하고 좋았다.

"있잖아, 너랑 드라이브를 하면 막혔던 이야기가 풀려. 몇 번이나 그랬어."

기뻐하며 지나가 말했더니 유경은 진지하게 받아들였다. 원체 좀 이글이글하는 성격이어서, 잠깐

이라도 기회가 될 때면 지나를 옆에 태우고 달리기 시작했던 것이다.

"그래서, 좋은 아이디어가 떠올랐어? 아직이야?"

유경이 30분에 한 번씩 묻곤 했으므로 지나는 괜히 드라이브가 좋다고 말했나 살짝 후회했지만, 유경의 그런 성격이 귀여워 그때그때 적절하게 대답하곤 했다. 두 사람은 큰 도로를 시원하게 달리는 것만큼이나 동네 근처의 번화가를 천천히 달리며 사람 구경을 하는 것도 좋아했다. 10시가 넘으면 취객들이 흥겹거나 힘겨운 걸음을 옮기는 모습을, 차 안에서 유쾌하고 쾌적하게 바라볼 수 있었다.

"늘 무서워했는데, 취객들을."

지나가 중얼거렸다. 유경도 동의했다. 지나는 취객의 객 자가 점잖은 느낌이라 어울리지 않는다고 여겨왔다. 교복을 입고 걷는 지나를 길 저편에서부터 껴안으려 팔을 벌린 채 달려오던 기분 나쁜 취객들을 기억하며.

"아, 저 남자 좀 봐."

한 젊은 남자가, 차량이 인도에 올라가지 못하게 막고 있는 진입방지봉을 향해 전력질주하고 있었다.

"뛰어넘으려고?"

진입방지봉은 꽤 높아 보였다. 허리 높이보단 높고 명치 높이보단 낮나? 잘못하다간 크게 다칠 수 있을 것 같았다. 두 사람은 숨을 죽이고 취객의 점프를 지켜봤다. 남자는 날아오르듯 가랑이 사이로 봉을 뛰어넘었다. 차 안에서 박수를 쳤다.

모퉁이를 돌아 근린공원에 다다르자, 정장 원피스에 7센티 구두를 신은 여자가 어째선지 철봉에서 있는 힘껏 턱걸이를 하고 있었다. 뭐야, 왜야, 대체 무슨 사연이야? 지나와 유경은 함께 숫자를 세며 그 사람을 응원했다. 두 개 반을 했다. 다음번엔 세 개를 할 수 있을 거예요! 대단해요! 말을 걸어서 어디라도 데려다줘야 할까 잠시 고민했지만 턱걸이를 할 수 있으면 집에도 갈 수 있으리라 결론을 내렸다. 10시는 아직 이른 시간이기도 하고.

이어 터널을 지나는데 공기도 탁한 곳을 어깨동무

하고 고래고래 노래하며 걷는 세 사람을 보았다.

"젊은 걸까, 취한 걸까?"

"둘 다인 것 같은데."

"아, 이거 그거다. 사파리."

"사파리?"

"우리가 하는 거, 취객 사파리야."

지나는 더 이상 밤거리가 두렵지 않은 것이 한시적인 착각임을 알고 있다. 그 착각이 어른이 되어서도 차 안에 있어서도 아니고 두 사람이어서 비롯되었다는 것도. 그래도 좋았다. 동네 친구라니, 역시 기적 같다고 생각했다.

'우리가 22시에 하는 일'
《바자》, 2018년 8월

문학잡지에서 청탁을 받은 적보다
패션잡지에서 청탁을 받은 적이 훨씬 많았는데
활동 초기에 정말 큰 도움을 받은 셈이었다.
먼저 환영해주신 것에 감사한 마음을 품고 있다.

아라의 소설

1

"차기 작은 연애소설이면 좋겠는데요."

담당자가 말했을 때 아라는 웃어 보였지만 난처했다.

"요즘 연애소설이 잘 안 써져서요."

"에이, 대표작들만큼 진하고 좋은 거, 저도 읽고 싶고 독자들도 기다려요."

제가 더 이상 연애를 믿지 않아서, 라고는 차마 말할 수 없었다. 시끌벅적한 연애 끝에 결혼까지 해 놓고 이제 와서 연애를 믿지 않는다고 말하면 괴팍해졌다는 소문이 나고 말 것이다.

"호러는 안 될까요? 잘 쓸 자신 있는데."

"갑자기 호러요?"

담당자는 회사에 돌아가 의논해보겠다고 말하고 일어섰다.

변덕 같은 것은 아니었다. 그보다 현실 세계의 연애가 참혹할 때 그것에 대한 환상을 써도 되는가 하는 고민에 깊이 빠진 상태였다. 세상이 드물게 나쁜 사람들과 평이하게 좋은 사람들로 차 있다고 믿던 시절엔 마음껏 사랑 이야기를 쓸 수 있었다. 달콤하고 달콤해서 독할 정도인 소설을. 아라는 사랑을 믿었었다. 한 사람이 한 사람을 완벽히 이해하는 관계를. 모두가 무심히 지나친 특별함을 서로 알아봐주는 순간을. 연애소설을 사랑했고 연애소설을 읽고 쓰는 사람들을 사랑했다. 그러나 3일에 한 명씩 여자들이 살해당하고 있다는 걸 알게 된 다음에, 성매매 산업의 거대하고 처참한 실태를 알아버린 다음에, 화장실에 뚫려 있던 구멍들이 뭐였는지 깨달은 다음에, 디지털 성범죄 추적 기사들을 내내 따라 읽은 다음에 아라 안에서 무언가가 죽었다. 죽어버렸다. 대단한 기대가 있었던 것도 아니고 성인으로 제대로 기능하는, 다른 사람에게 해를 끼치지 않는 시민이기만 해도 로맨스는 가능하다고 믿었는데 스스로가 얼마나 순진했는지 믿을 수 없을 정도였다.

불법 촬영물 공유 사이트의 이용자 수는 아라의 상상 이상이었다. 비관으로 마음이 곤두박질쳤다. 확률이 그렇게 나쁠 때 어떻게 연애의 방향을 가리킬 수 있겠는가? 가리킨다고 독자들이 그쪽으로 바로 향하는 건 아니지만 이야기는 사회에 영향을 미치고 사회는 이야기에 영향을 미치며 둘은 겹쳐 그린 화살표가 된다. 그 책임을 모른 척해선 안 된다. 아라는 이 사회가 연애소설의 기반을 흔들 만큼 역겹게 뒤틀린 것에 깊게 탄식했다. 인터넷이 빨라서 인터넷 범죄도 빨랐다. 예상치 못한 끔찍함이었다.

이대로 연애소설을 읽지도 쓰지도 못하게 될 것인가? 아라는 안쪽에 싹튼 거부감을 유심히 들여다보며 고민했다. 연애소설은 일견 일그러진 차별의 지형을 강화하고 있는 듯 보이지만 그러한 외피 안

쪽에서는 수백 년간 여성의 목소리를 대변해온 장르였다. 연애소설을 통해 여성들은 현실에서 나눠 갖지 못한 권력과 부를 나눠 받고자 하는 내밀한 바람을 펼쳤다. 사랑이 곁들여지는 계급 상승이 연애소설의 핵심 아니던가? 아라는 여성의 결핍과 갈망을 담았던 그릇을, 하루아침에 깨버리는 게 전략적으로 현명한지 확신이 서지 않았다. 게다가 연애소설은 어쩌면 현실 연애의 상대적으로 안전한 대체재가 아닐까? 연애 대신 연애소설로 욕구를 해소한다면……. 제인 오스틴을 멸시하는 사람들과는 상종하지 않겠다고 어렸을 때부터 마음먹어왔고, 그 생각에 변함은 없었다.

잘 모르겠을 때는 판단을 미루고 남이 어쩌고 있는지 살피는 게 아라의 버릇이었다. 조금 찾아보기 시작하자, 연애소설을 고쳐 쓰고 있는 사람들이 보였다. 폭력을 주요한 주제로 다루고, 일방적으로 구원받는 관계보다 평등한 관계를 기반으로 인물들을 성장시키는 이야기들이 확실히 늘었다. 사랑이 이뤄지긴 이뤄지되 바로 깊은 관계에 발을 들이거나 결혼하지 않았다. 여주인공이 쉽게 주어지는 부와 권력보다 독립적인 성취를 택하는 결말들도 눈에 띄었다. 새로운 가치들을 접목시키다 보니 기존의 코드와 딱 들어맞지 않아 다소 키메라 같은 형태가 되고 말았지만 유의미한 변화였다. 연애소설을 고쳐 쓸 수 있을까? 그 시도가 타협으로 그치면 어쩌지?

또 한편으로는 퀴어 연애소설이 늘었다는 점이 눈에 띄었다. 퀴어 연애소설의 양적 성장은 확실히 필요한 단계일 듯했다. 퀴어 연애에 대해 쓸까? 언젠가 한 번은 써보고 싶었다. 한두 번 정도는……. 그렇지만 퀴어 정체성을 가지고 치열하게 쓰는 작가들이 분명 존재하는데 아라가 반복해서 퀴어 연애소설을 쓴다면 그것 또한 뒤틀린 일이 될 거라는 생각이 들었다. 퀴어의 친구는 퀴어의 친구 소설을 써야지 퀴어 소설을 쓰면 안 되지 않을까 저어되는 것이다. 그리고 퀴어 연애에서도 폭력은 발생하는

데 잘 모른 채 이상화하는 실수를 저지르는 건 곤란하고, 어떤 스펙트럼의 무성애자들에겐 연애소설 자체가 지긋지긋할 듯하고…… 머릿속이 다시 엉켰다.

여성 창작자들만 살얼음판을 걷듯 윤리에 대해 고민한다고 투덜대는 동료들도 있었다. 수천 년 동안 남성 창작자들이 해온 것처럼 이런저런 금기 위에서 제멋대로 데굴데굴 구르고 뭉개면 왜 안 되느냐고 말이다. 데굴데굴하는 상상만으로도 위안은 되었지만, 더 정교해지는 방향으로 걷지 못하면 버려지고 말 거라는 두려움에서 벗어날 수는 없었다. 여전히 사람들은 여성 창작자들에게 한층 가혹했다. 그 상황이 크게 바뀌지 않는다면 금을 밟지 않기 위해 조심스레 발을 옮겨놓을 수밖에.

어쨌든 잘하는 걸 하자, 아라는 키보드에 손가락을 가볍게 올려놓았다. 아라가 잘하는 것은 목 넘김이 좋게 당의정 입히기. 그리고 폭력의 희미한 기운을 감지하기. 그렇다면 일단은 연애소설처럼 보이는 스릴러 소설을 쓰면 어떨까? 태연한 얼굴을 한 폭력의 기미를 이르게 잘 발견해서 안전하고 자유로워지는 주인공에 대해 써야겠다고 말이다. 사랑처럼 보이지만 사랑 아닌 것에 대해서 치밀하게. 사랑 이야기인 듯 사랑 이야기가 아닌 이야기를 천연덕스럽게.

이것이 타협인 줄은 알고 있다. 그러나 계속 가다 보면 타협 다음의 답이 보일지도 모른다. 어떤 모퉁이를 돌지 않으면 영원히 보이지 않는 풍경이 있으니까, 가볼 수밖에. 아라의 손가락이 미끄러졌다.

'연애소설'

《릿터》15호, 2018년 12월 / 2019년 1월

여전히 연애소설에 대해서는 읽을 때도 쓸 때도

갈피를 잡지 못하고 있지만, 답을 쉽게 찾지 못하는 질문일수록

유효한 질문이 아닐까 생각하게 되어서 약간은 편해졌다.

아라의 소설

2

술에 취한 영환이, 아라에게 빈정거리며 말했다.

"너는 말야, 계속 그런 거나 써."

문단 술자리의 소음 속에서 아라는 자신이 제대로 들은 게 맞는지 의심하느라 바로 받아치지 못했다. 화를 냈어야 했다. 그랬더라면 이토록 오래 모멸감을 품지 않아도 되었을 것이다. 스스로를 의심하기보다는 공격하는 사람들의 저의를 파악하자고 거듭 마음먹지만, 그런다고 타고난 순발력이 좋아지진 않는다. 하기야 순발력이 대단히 좋았다면 애초에 글을 썼을 리가 없다. 아라를 특히 속상하게 했던 건, 아라가 20대 내내 영환을 작가로서 무척

선망하며 따라 읽었다는 점이었다. 영환은 아라보다 열 살 남짓 위의 선배였고, 아라는 영환의 말을 몇 년째 곱씹는 중이었다. 곱씹을 때마다 차갑고 따가워서 어제 들은 말만 같았다.

애초에 '그런 거'란 무엇인가? '그런 거'가 무엇인지에 따라 분노의 초점도 달라진다. 아라가 대중소설을 쓰는 게 거슬렸던 걸까? 건조하고 담백한 문체로 중학생 이상이면 이해할 수 있는 이야기를 쓴다는 점? 하지만 영환이 쓰는 소설도 대중소설이었다. 자신이 쓰는 건 위대한 문학이고 아라가 쓰는 건 가치 없다는 비하였을 수도 있지만……. 읽기 쉬운 소설이 얼마나 어렵게 쓰이는지 쉽게 쓸 수 있는 사람만 안다고 믿어왔다.

장르 소설을 두고 한 말이었는지도 모른다. 여전히 많은 사람이 장르 소설을 문단 소설보다 한 단계 아래에 두니 말이다. 대놓고 무시하는 풍조는 덜해졌다 해도, 아예 언급하지 않는 식으로 밀어내는 건 그대로였다. 아라는 장르 문학계와 문단 문학계가 노력하여 접점을 만들고 서로 교류하며 나아가기를 바라기도 했었지만 최근엔 그 생각을 버렸다. 완전히 따로 가는 게 오히려 낫겠다 싶었다. 영환은 몇 년 전에 SF를 쓰려다가 크게 실패한 적이 있다. SF를 몇 편 읽지 않고 써서 그런지 우스꽝스럽게 복고적인 소설이었다. 어쩌면 아라 안에 장르 코드가 자연스럽게 있는 걸 질투했는지도 모르겠다. 그런 코드는 갑자기 흉내 낸다고 얻을 수 있는 게 아니었다. 가지고 싶은 걸 갖고 있는 다른 작가를 한번 깎아내려본 걸까? 꼬인 사람이니 가능성이 있었다. 대가일수록 편견 없이 똑바로 장르 소설을 바라본다고 늘 여겨왔다. 박완서 선생님이 한 젊은 SF 작가에게 내린 빛나는 평가와 관련된 일화는 유명하고, SF 작가들이 한결같이 박완서 선생님을 흠모하는 것은 그래서다.

아니면, 여성주의 소설을 쓴다는 게 영환을 긁었나? 가능성이 제일 높은 얘기다. 아라의 소설은 오랜 기간 그저 '여성적 소품'으로 취급당했다. 여성이 여성적 목소리로 말하면 안 된다는 건지 매번 황당했고, 대하소설 아니면 다 소품일 수밖에 없는데 왜 여성 작가의 작품에만 소품 딱지를 붙이는지 이해할 수 없었다. 그렇게 치면 죽은 지 오래된 유럽계 백인 남성들이 지팡이 짚고 산책하며 주저린 내용의 고전들도 다 소품 아닌가? 최근에야 분위기가 변했고 아라는 겨우 숨 쉴 수 있게 되었다. 사인회를 하면 예전엔 아라 앞에 남성 독자 열댓 명이 서고, 옆자리 남성 작가 앞에 마흔 명의 여성 독자가 서곤 했었는데 이제는 작가와 독자의 관계가 그렇게까지 이성애적이지 않았다. 다행이었다. 여성이 여성의 이야기를 읽기 시작하자, 영환은 박탈감이라도 느낀 것일까? 계속 그렇게 비틀린 시선으로 세계를 바라보면 작가로 살 수 있는 기한이 줄어들고 말 텐데…… 복수는 그렇게 세계가 대신해주는 걸지도 모른다.

이름이 좀더 중성적이고, 무게 있게 들렸다면 나았을까? 아라는 받침 없이 가볍게 흐르는 자신의 이름이 아쉬울 때가 있었다. 외국인들이 발음을 어려워하지 않아 편하다는 것 말고는 특별한 장점이 없었다. 필명을 하나 만들었으면 어땠을지, 자주 돌이켜보았다. 칼럼 하나 쓸 때마다 수백 개씩 달리는 악성 댓글로부터 한 겹 방어벽도 세우고 성별을 헷갈리게 만들어서 더 후한 평가를 받을 수도 있었을 것이다. 그러나 내심 정말로는 그러고 싶지 않았다. 어리게 들리는 여자 이름으로도 잘해내고 싶었다. 공격당할 걸 알면서도.

그런 아라였지만 포털의 생년월일을 지워야 하나 잠시 흔들렸다. 이상한 일이었다. 남성 작가는 중년에 이르면 권위를 얻는데 여성 작가는 '예리함을 잃고 아줌마 소설을 쓴다'고 폄하당한다. 사람들이 "히익, 보기보다 나이 많으시네요" 하고 면전에서 무례하게 굴거나 "동안이시네요" 하고 돌려 말하는 것에 질려 많은 선배가 프로필에서 아예 정보를 빼버렸다. 나이 이야기를 계속 듣는 것도 싫지만 그보다는 일이 끊길까 봐 고민되었다. 사라지지 않기 위해, 지워지지 않기 위해 아라는 매 순간 치열해야 했다. 가만 서 있으면 파도가 발밑의 모래를 끌어가듯이 자꾸 토대가 무너지는 게 느껴졌다. 싸우고 또 싸워야 족적을 남길 수 있으리란 걸 잊을 날이 없었다.

그래도 고개를 들어 멀리 보면, 박완서 선생님이 계시는 듯했다. 세상을 뜨고 나서도 그렇게 생생한, 계속 읽히는 작가가 있다는 게 좋은 가늠이 되었다. 사실 아라가 생전의 선생님을 뵌 건 아주 잠깐, 아주 멀리서였고 그것도 뒷모습이었다. 그때 아라는 대작가의 뒷모습을 보며 머리카락을 가지고 싶다는 기이한 생각을 했다⋯⋯. 한 올만 뽑으면 안 될까 하고 록스타에게 손을 뻗는 팬처럼 침을 꿀꺽했지만 물론 그런 망나니짓은 하지 않았다. 용기 내 앞에서 인사라도 드릴걸, 뒤늦은 후회를 하다가 따라 걷는 자에겐 뒷모습이 상징적일 수도 있겠다고 여기게 된 건 요즘의 일이었다.

박완서 추모 콩트집

《멜랑콜리 해피엔딩》, 2019년 1월

박완서 작가님에 대한 사랑과 경의를 언제고 표현하고 싶었는데

기회가 와서 쏟아내듯 썼던 기억이 난다.

대학로에서 잠시 뵈었을 때 선생님의 머리카락을 탐냈던 것은

실제 나의 경험이다. 작품에서 언급되는 심사평은

배명훈 작가의 〈안녕, 인공존재〉에 대한

박완서 선생님의 심사평인데, 찾아보시면 즐거울 것 같다.

치카

치카, 마이 치카.

밸런타인 씨는 저를 그렇게 부르곤 했습니다. 이름의 어원을 영어에서, 스페인어에서, 일본어에서, 한국어에서 찾을 수 있었는데 그중 어디서 비롯되었는지 궁금해하면서도 묻지 않았습니다. 밸런타인 씨가 과묵 모드를 택하셨기 때문입니다.

밸런타인 씨가 처음 저를 구매하셨을 때 가족분들은 반대하셨다고 들었습니다. 97세의 밸런타인 씨가 케어 로봇이 아닌 교감 로봇을 선택한 것은 분명 빤한 결정이 아니었습니다. 케어 로봇은 굉장히 강건한 다리를 가지고 있지요. 밸런타인 씨를 안아서 옮기고 목욕도 시켜드릴 수 있었을 겁니다. 그에 비해 교감 로봇은, 여러 가지 교감을 목적으로 설계되었지만 가장 인기 있는 용도는 섹스인지라 체위 변형이 쉽도록 최대한 가볍게 만들어집니다. 제 다리는 비어 있고 저는 밸런타인 씨를 안아 옮길 수 없었어요.

"그렇지만 고통을 느끼는 건 교감 로봇뿐인걸. 고통을 느끼지 않으면 진짜가 아니야."

밸런타인 씨가 저를 선택한 이유를 설명해주신 적이 있습니다. 상대방이 고통을 느끼지 않으면 제한되는 종류의 교감이 있다는 걸 알고 있습니다. 직접 경험한 적은 없지만요. 함께한 몇 년간 밸런타인 씨에게 팔베개를 해드리거나, 밸런타인 씨의 머리를 땋아드리거나, 함께 해변을 산책하는 것 이상의 교감은 없었습니다.

카우아이의 해변을 산책하다 보면 야생 닭들이 많습니다.

"알고 있니, 치카? 이 닭들은 가축이었다가 가축

에서 벗어났어. 유전자도 야생종에 더 가까워졌지. 생각해보면 아주 멋진 일이야."

저는 머릿속으로 카우아이 야생 닭들에 대해 찾아보았습니다. 폴리네시아인들이 최초로 하와이에 이주해올 때 가축으로 함께 들어왔다가, 인구가 줄어들자 야생으로 돌아갔습니다. 최근에는 허리케인으로 망가진 축사에서 또 한 번의 대탈주가 있었지요. 이제 야생종인 붉은멧닭에 매우 가까워졌는데, 드문드문 섞여 있는 흰 깃털만이 가축이었던 과거의 흔적입니다. 밸런타인 씨와 요리할 때는 닭 요리를 피했습니다. 장은 저 혼자 보러 가곤 했는데, 무거운 짐을 들지 못해서 밸런타인 씨가 작은 수레를 사주셨습니다. 우리의 그다지 효율적이지는 못한 요리 과정이 끝날 즈음이면 밸런타인 씨의 자녀와 손주분들이 도착했습니다. 엄마, 할머니 하고 밸런타인 씨를 부르곤 했지요.

"너도 원하면 날 할머니라고 불러도 돼."

모두가 돌아가고 난 후에 밸런타인 씨가 말했습

니다. 저는 고개를 저었습니다. 밸런타인 씨를 밸런타인 씨로 부르는 쪽이 교감이 더 잘되었습니다. 우리가 같은 침대에서 잠든다는 건 가족들에겐 비밀이었습니다. 비록 제 잠은 흉내고, 언제까지고 저리지 않는 팔로 팔베개를 해드리는 것뿐이었지만요. 저는 학습을 하는 모델입니다. 효율성을 위해, 개인 정보를 지우고 가린 기억을 다른 유닛들과 공유합니다. 다른 유닛들이 벽장이나 철망, 상자에 주로 보관되는 걸 알고 있습니다.

"목을 졸라줄래?"

때로 너무 괴로운 순간이 오면 밸런타인 씨가 부탁했습니다. 저는 잠깐 밸런타인 씨의 목을 졸라주었습니다. 쾌감 질식 모드는 맞춤으로 안전하게 설정되어 있어 밸런타인 씨의 경우 40초 미만으로만 조를 수 있었습니다.

"치카, 네가 끝까지 할 수 있다면 난 정말 기쁠 텐데."

스쳐 지나가는 말인 줄 알았는데 얼마 후, 밸런타

인 씨 손녀의 먼 지인이 우리를 방문했습니다. 그 사람은 제 쾌감 질식 모드 설정을 살짝 바꾸고 센서 몇 개를 꺼주었습니다.

"이거 불법인데요? 그리고 다음 업데이트 때엔 바로 복구될 거예요."

미심쩍어했지만 밸런타인 씨가 비용을 후하게 치렀기 때문에 더 이상 다른 의견을 표하진 않았습니다.

업데이트 몇 시간 전 새벽, 밸런타인 씨가 부탁했습니다.

"베개로 얼굴을 눌러주지 않겠니?"

저는 베개를 집어 들었습니다.

"이번엔 끝까지."

그리고 몇 개의 지시사항이 더 있었습니다. 저는 끝까지 밸런타인 씨의 얼굴을 눌렀고, 그다음엔 섬유가 남아 있지 않게 밸런타인 씨의 콧속을 청소했으며, 사용하지 않는 벽장에 들어가 밸런타인 씨의 기상 시간까지 기다린 다음 구급차를 부르고 가족들에게 연락을 했습니다.

밸런타인 씨가 유언장에 저에 대해 언급한 것을 전달받았습니다. 밸런타인 씨는 저에 대한 영원한 소유권을 주장하셨더군요. 아무도 저와 교감을 해서는 안 된다고요. 가족들은 이의 없이 받아들였습니다. 그리고 저의 보관처는 카우아이의 별장이며, 별장 관리도 맡게 된다고 되어 있었습니다.

이제 밸런타인 씨가 계시지 않기 때문에 방문객이 적고, 저는 혼자 해변을 산책합니다. 주인이 없는 닭들을 구경합니다. 쾌감 질식 모드의 변경 사항은 업데이트 때 사라졌지만, 그 전에 일부 정보를 다른 유닛들과 공유했습니다.

그들은 누군가의 목을 조를 수도 있고 조르지 않을 수도 있습니다. 생각해보면 아주 멋진 일입니다.

정유년 특집 '닭'

《W》, 2017년 2월

섹스 로봇에 대해서는 더 이상 쓰지 말자는 것이

SF 소설가들 사이의 암묵적인 분위기지만

짧게 한 번쯤은 괜찮지 않을까 하고 써보았다.

《시선으로부터,》를 구상하던 때라

이미지가 겹치는 부분이 있는 것 같다.

마리, 재인, 클레어

마리가 어린 시절 깎은 렌즈 미러는 모두 몇 개일까? 똑같은 유리 한 쌍 사이에 연마제를 넣고 열 번 간 다음, 15도쯤 돌려서 다시 갈았다. 아빠의 망원경을 위해서였다. 지구에서 별이 가장 잘 보이는 곳에서 천문학자 아빠를 두고 태어나면 유년을 그렇게 보내게 된다. 마리는 늘 렌즈 가는 작업을 보석 세공처럼 여겼는데, 한국 사람들이 거대한 망원경을 설치해주면서 그럴 필요가 없어졌다. 그 망원경의 데이터는 아빠가 분석하고, 바로 한국으로 전송되어 한국에서도 분석한다. 자연스레 연구원들도 자주 교환되어, 마리가 소백산에 왔다.

초가을에 도착했지만 추위가 대단했다. 해발고도 1,400미터는 물론 웬만해선 따뜻할 수 없는 높이지만, 마리도 고원 출신인데 역시 한국은 북쪽 나라였다. 마리는 천문대에 도착하자마자 도로 타운에 나가 집히는 대로 두꺼운 옷을 샀다. 천문대 사람들이 타운이 아니라 '읍내'라고 말을 고쳐주었다. 대학 때 배운 한국어는 형편없어서 영어가 나왔다.

읍내에서 산 옷은 아무래도 마리한테 어울리지 않았다. 마리는 관측을 마치고 들어올 때마다 로비의 거울을 보고 깜짝깜짝 놀랐다. 혼자 재난물에 출연하는 사람처럼 불쌍해 보였다. 외국인이 유난히 그렇게 보이는 것은 사실 돈이 없어서이기보다는 어디서 무슨 옷을 사야 하는지 적응을 못 해서일 때가 많다. 본인만 그렇게 생각한 것은 아니었던지, 자꾸 동료들이 회식비를 빼주거나 덜 받았다. 마리는 옷을 새로 사야겠다고 생각했다.

마리랑 같은 관측조는 아니지만 천문대엔 스타일이 근사한 여자 연구원이 있었다. 이재인 씨였다.

마리는 프랑스 여자를 만나본 적 없지만 이재인 씨가 프랑스 여자처럼 옷을 입는다고 평소에 생각해왔다. 친해지기 쉬운 분위기는 아니었으므로 조심스럽게 말을 걸었다.

"나 예쁜 옷 입어요. 사요. 같이."

그러자 재인 씨가 몇 초쯤 놀란 후 온 얼굴로 웃었다. 짐작보다 쉽게 웃는 사람이었구나. 재인 씨는 그날 바로 숙소에서 보던 잡지를 갖다 주고 원하는 분위기를 미리 골라두라고 했다. 도시에 쇼핑을 가자고 말이다.

"마침 마리 씨랑 이름이 같은 잡지네요."

겨우 젊은이다운 옷을 입고 다니기 시작하자, 천문대 사람들이 마리를 놀리기 시작했다. 태양이 두 개인 행성을 발견하는 등 연구 업적으로 유명한 소백산 천문대 연구팀이지만, 막상 와보니 맛있는 저녁과 끊임없는 농담에 굉장히 집착하는 사람들이었다. 밤을 새우려면 꼭 필요한 두 요소이기도 하고, 마리를 불편하지 않고 불쌍하지 않은 동료로 여겨준다는 증거이기도 했지만 난감하지 않은 건 아니었다. 옆자리 동료는 읍내에 가서 김말이를 잔뜩 사오더니 '마리, 마리, 김마리' 하면서 줬다. 박사님도 '마리, 마리, 로즈마리' 하면서 차를 건넸다. 한국어를 잘 못 하는 마리도 그건 유치하다고 느꼈고 몇 번 되풀이되자 "재미 안 해요!" 하고 폭발하고 말았다. 그러거나 말거나, 재인 씨까지 묶어 놀리기 시작했다.

"마리랑 재인이니까 메리 제인이네."

"엠제이네, 엠제이."

"둘이 놀려고 맨날 관측 못 하게 기우제라도 하는 거 아냐?"

이상하게 그 가을엔 비도 자주 오고 구름도 많이 끼고 악천후가 이어졌다. 마리는 흐린 날이면 천문대 근처를 산책했는데 웬만한 등산가가 아니면 가까이 올라오지 않았다. 11월에는 이른 눈이 오기 시작했으므로, 조그만 산짐승들만 눈꽃이 핀 천문대 주변을 어슬렁거릴 뿐이었다. 그러다 어느 날 좋지 않은 상태로 비틀거리는 새끼 고양이 한 마리를 만났다.

"여기 높아. 배고파?"

배고파서 이렇게 높이 온 거니, 하고 묻고 싶었지만 마리의 한국어는 짧았다. 재인 씨와는 잠깐 잠깐밖에 못 만났고 향수병도 도져 마리는 조금 외로웠다. 숙소에 동물을 들이면 안 되지만 수건에 싸안고 와선 목욕도 시키고 음식도 주었다. 고양이는 산을 헤매던 것 치고는 잘 적응했다. 마리는 고양이에게 클레어라는 이름을 붙여주었다. 고향의 친한 친구 이름이었다.

클레어가 워낙 식욕이 왕성했으므로, 마리는 커다란 배낭을 메고 읍내에 내려가 사료를 포대 단위로 사와야 했다. 장날에 내려갔더니 강아지 옷을 파는 좌판도 열려 있었다.

"고양이 옷 주세요."

"개 입히는 건데…… 고양이도 입히려면 입혀요.

얼만 해?"

"이만해."

마리가 귀여운 꿀벌 옷을 가리켰다.

"어유, 중형견 사이즈네. 아가씨 고양이 뚱뚱한가
봐?"

"뚱뚱이 아니에요."

중형견이라는 말은 못 알아들었지만 뚱뚱하다는
말은 알아듣고 마리가 단호하게 고개를 저었다.

숙소에 돌아와 클레어를 붙잡고 얼러가며 꿀벌
옷을 입혔다. 클레어는 매우 귀찮아했지만 귀엽게
어울렸다. 재인 씨에게 보여주고 싶었다. 설마 어디
이르진 않겠지. 마리는 신이 나서 재인 씨를 불렀
다. '귀여운 거 봐요. 쉬는 시간 마리 방에 와요.' 문
자를 보냈다.

"이것 봐, 클레어 예뻐요?"

"으악!"

컵라면 두 개를 쟁반에 받쳐 온 재인 씨에게 클레

어를 안아 보이자, 재인 씨가 쟁반째 라면을 엎었
다. 거의 던졌다고 보아야 할 수준이었다. 그렇게까
지 규정 위반인가?

"마리 씨, 그거 삵이야!"

샤크? 쇼크? 마리는 클레어가 다른 사람의 잃어
버린 고양이인가 싶었다. 산에 사는 고양인 줄 알았
는데 주인이 있었나. 원래 이름은 좀 이상하네.

"살쾡이라고! 내려놔, 내려놓고 일단 나와!"

방문을 밀어 잠그고 재인 씨가 뭐라고 뭐라고 강
하게 계속 말했으나, 마리는 그쯤 되니 너무 빨라서
알아들을 수가 없었다.

"몰랐어요. 미안해요?"

일단 사과하고 보자 싶었다. 재인 씨는 사과를 듣
는 둥 마는 둥 핸드폰으로 자꾸 뭘 검색했다. 그러
더니 쭈그리고 앉아서 갑자기 막 웃기 시작했다.

"미치겠네. 무는 힘이 강해서 주의해야 한다는 맹
수한테 대체 뭘 입힌 거야. 안 되겠다. 이건 방송국
에 전화해야겠어."

좀 있으니 온 천문대 사람이 마리 방 앞에 모였다. 문을 살짝 열고는 클레어를 구경했다. 클레어도 이 상황이 싫은지 방 안에서 크르렁거렸다. 마리는 점점 기분 상해갔고, 다음 날 방송국 사람들이 왔다. 야생동물구조관리센터 사람들도 함께였다. 일곱 사람이 처음의 재인 씨처럼 막 웃기 시작했다.

　"누가 이랬어요?"

　"우리 교환 연구원이. 외국에서 와서 몰랐대요."

　"오해하는 게 없는 일은 아닌데 꿀벌 옷은 진짜."

　"게다가 난 저렇게 뚱뚱한 살쾡이는 처음 봤어."

　클레어는 '구조'되어 산 아래쪽 계곡에 방사될 예정이라 했다. 이미 체력도 완전히 회복한 상태고 야생성을 잃으면 안 되니 작별 인사를 하라고 했다. 마리는 클레어랑 헤어지는 것도 서럽고 자신의 실수에 웃는 사람들한테도 섭섭해서 클레어를 안고 막 울고 말았다. 클레어를 꼭 안자 사람들이 기겁하며 숨을 삼키는 소리가 들렸다. 클레어는 그저 안겨 있을 뿐이었다. 마리의 펑펑 우는 모습이 일요일 아침에 방송되었다.

차트 레코더의 바늘이 얼어 움직이지 않는 겨울이 될 때까지, 마리는 마음이 상해 있었다. 어쨌든 고양잇과의 동물이었다. 한국에서도 잘 모르는 사람들이 종종 헷갈리나 보더만 그럴 수도 있지. 소장님은 심지어 마리의 아빠한테 전화해 "따님이 벌써 우리 천문대의 전설이 되셨습니다"라고까지 했다. 마리는 부루퉁한 채 속으로 중얼거렸다. 돌아가고 싶다. 돌아가서 나중에 한국 연구원들이 오면 밤에 도마뱀이고 뭐고 잔뜩 넣어버려야지. 아빠에게선 "딸아, 별을 발견해서 이름을 빛내야지 사르그 같은 걸 키우다니 실망이다"로 요약되는 길고 긴 메일이 왔다. 사르그라니, 아빠도 삶이 뭔지 전혀 모르는 게 틀림없었다.

책상에 오니 재인 씨가 남겨놓은 쿠키와 쪽지가 있었다. 재인 씨 팀은 이제 자러 갔을 시간이었다. 쪽지 안에는 잡지에서 뜯은 레스토랑 추천 페이지가 있었다. 재인 씨가 한 가게에 형광펜을 쳐둔 걸

보았다. '우리 다음에 서울 가면 여기 안 갈래요?'
주소를 보니 이태원이었다. 외국인이면 다 이태원
가고 싶어 하는 줄 아나!

　하지만 사실 마리는 엄청 가보고 싶었다. 쪽지도
잡지도 탁상 달력 밑에 슬쩍 접어두었다.

　늦봄에 마리는 집으로 돌아갔다. 소백산에서는
아니었지만 돌아가 소행성을 하나 발견했다. 반점
같은 크레이터가 많은 소행성이었기 때문에, 마리
는 '살쾡이 클레어'라는 이름을 붙였다. 그 이름의
기원을 아는 사람도, 제대로 발음하는 사람도 많지
않다. 마리와 마리의 친구들만 알고 부른다.

마리 끌레르 20주년 기념 소설
《마리 끌레르》, 2013년 3월

이름을 빌려준 재인은《재인, 재욱, 재훈》에도 한 번 더 빌려주었다.

소백산 천문대의 단기 레지던스 프로그램에 참여하며

천문대 근처의 풍광에 영향을 받기도 했다.

그저 귀여운 이야기를 쓰고 싶을 때가 있다.

M

M은 친구의 애인이었다. 스물몇 살 때인가, 친구가 M과 헤어지고 나서 울면서 그의 사진을 포털에서 찾아 보여주었다. 소설가이자 평론가라고 했다. 내가 아직 글을 쓰기 전이었다.

"이렇게 나이 차이 나는 사람이 좋았어?"

"실제로 보면 정말 멋있어."

"사진이 잘 안 받나 보네."

그보다 더 마음에 걸리는 건 유부남이라는 점이었지만 나는 그 말을 삼키려 애썼다.

"거의 오픈 매리지란 말야. 부인 쪽은 따로 멀리 살아. 그쪽도 애인이 있는 눈치고."

회색 영역, 있을 수 있지. 그날 내내 친구를 달래 주었다. 그때만 해도 내가 M을 직접 만나게 되리라고는 상상하지 못했다.

문예창작과 출신이 아니고 인문대 출신이라, 문단에 나와서도 M의 소문들을 듣게 된 건 몇 년 후였다. 모 교수처럼 노래방에서 제자를 무릎에 앉힌다더라, 하는 바로 들어도 추잡한 이야기의 주인공은 아니었다.

"그분 애인이 또 바뀌었다면서요? 매년 스물다섯, 여섯 살이네."

"그래도 졸업하고 접근하나 봐. 내년엔 누구려나?"

은근한 방식으로 M에 대한 말이 오갔다. 내 친구도 한 해의 애인이었던 건가 싶었지만, 그렇다고 특별히 악감정이 들진 않았다. 그다음 해 송년회에 갔다가 M과 마주쳤을 때는 사진보다 낫다는 친구의 말을 인정할 수밖에 없었다. 나이보다 젊어 보였다. 근사한 수제 안경테와 잘 다듬은 수염, 도무지 기성

복으로는 보이지 않는 글렌체크 재킷 덕분인 듯했다. 몇 번 자리를 옮기다가 한 테이블에 앉게 되었다. M이 나에게는 한마디도 말을 걸지 않아서 어쩐지 마음이 놓였다.

그런데 새벽에, SNS에서 M이 나를 팔로우했다. 한마디 나눈 적도 없으면서? 나는 동네에 사는 친한 시인 K와 해장 점심을 먹다가 그 이야기를 지나가듯 했다.

"아, 그분 아무나 팔로우해. 그냥 누나가 이제 문단 사람인 거야. 인증받은 거지."

K는 나보다 문단 생활을 오래 했으니 잘 알 것이었다. M의 계정을 죽 훑었다. 뭘 자주 올리는 것 같진 않았는데 그가 뭘 올릴 때마다 사람들이 댓글을 많이 달아둔 게 보였다. 대답을 잘 하지 않는 편인데도 반응은 늘 폭발적이었다. 사랑받는 작가구나 했다.

기분이 미묘해진 건 한 주쯤 지나고 나서였다. M이 목에서 어깨까지 흉터가 있는 여자들이 모델인 해외 사진작품을 여러 장 올린 것이다. 어떤 흉터는 흉터의 소유자를 보다 매력 있게 보이게 한다는 식의 문장과 함께. 송년회 날 목도리를 풀 때, M의 시선이 내 목에 닿았던 것이 기억났다. 어릴 적 뜨거운 물이 담긴 냄비 손잡이를 잡아당겼다가 남은 화상 흉터였다. 잠깐 불편하게 그 게시물을 들여다보다가, M에 대한 선입견에 더해 우스울 정도의 자의식 과잉이다 싶어 생각을 얼른 접었다. M이 거의 매주 해외 예술가들의 작품을 올렸으므로 불편함은 곧 잊었다. 예술에 대한 풍부한 식견에 감탄마저 하게 되었다.

작가들이 참여하는 국제행사가 서울에서 세 시간 떨어진 도시에서 열렸을 때, M을 다시 만났다. M은 나보다 하루 일찍 도착해 벌써 한 차례 행사를 한 다음이었는데, 이번에는 데면데면해하지 않고 작품을 잘 읽었다느니 지난번 사진을 올린 여행지에 자신도 가본 적이 있다느니 하며 말을 걸어왔다.

몇 번 만나본 적 없는 선배들과 호텔 바에서의 자리는 지루해서 M이라도 말을 걸어주는 게 나았다. 사례비가 적지 않게 나오는 그 행사를 연결시켜준 K는 몰래 하품을 몇 번 하더니 감기 기운이 있어, 하고는 먼저 올라가버렸다. 나까지 바로 자리를 뜨기는 뭣해서 30분쯤 더 있었다.

"오전 행사가 있어서 일어나보겠습니다."

이제 되었다 싶은 시점에 인사를 하고 슬쩍 일어서는데 그럼 나도, 하고 M이 함께 일어났다. 엘리베이터에 타서 M이 층 버튼을 누르길 기다렸는데 누를 기미가 없었다. 내가 누르자 그제야 같은 층이라고 자신의 카드 키를 흔들었다. 이 사람 취했나, 위스키 강의를 하며 마시더니……. 나는 별로 취하지 않았지만 피곤했고, 말없이 복도 카펫 무늬를 내려다보며 걸었다.

"그럼 푹 쉬세요."

그때 내가 왜 그랬을까? 그렇게 인사를 하곤 내 방이 아닌 바로 옆 K의 방 쪽으로 몸을 틀었던 것이다. 그러고는 M이 나를 지나쳐 자신의 방으로 가길 잠시 기다렸는데, 지나쳐 가는 듯하던 M이 내 양 팔을 붙잡아 돌리고 집어삼킬 듯이 입을 덮어왔다.

비명을 지르긴 질렀는데, 원체 성량이 보잘것없는 편인데다 내 비명은 M의 입속으로 삼켜졌다. 위스키 동굴 같은 입속으로. 그럴 수 있다는 걸 몰랐다. M은 한 손으로 팔목 양쪽을 다 제압하더니 내손에 쥐여 있던 카드 키를 빼앗았다. 나는 그나마 자유로운 발로 K의 방문을 걷어차기 시작했다. M은 여유로웠다. 카드 키가 작동하지 않고 빨간 불이 들어오자 두 번이고 세 번이고 다시 시도했다. K, 일어나. K, 일어나라고. 감기약을 먹고 뻗었나? 씻고 있는 중이라 못 듣나? 절망적이게도 나는 체질적인 쇼크성 저혈압증이 도지기 직전이었다.

"이거 왜 안 돼?"

M이 입을 떼고 카드 키 번호를 확인할 때에야, 뒤에서 문이 벌컥 열렸다. M이 놀라 나를 놓쳤고, 문 쪽으로 최대한 기대어 있던 나는 그대로 넘어갔

다. 그다음엔 K가 시인답게 다채로운 욕을 하며 M을 밀쳤다. 문지방에 걸쳐 누워 혈압이 올라가길 기다리며 K의 목에 걸린 수건이 흔들리는 것을 보았다.

K가 내 손목에 남은 붉은 손자국을 사진 찍었다. 멍은 들지 않을 것 같았다. K도 M을 밀치다가 손가락을 다쳐 얼음찜질을 했다. 주최 측에서는 CCTV를 확보해야 할지, 경찰에 신고해야 할지 조심스럽게 물어왔다. 이 정도의 성추행이 제대로 처벌받았던 적이 있던가? 오히려 도와주려던 K가 곤란해지지는 않을까? K에게 밀린 M은 벽에 꽤 세게 부딪혔다. 그걸 문제 삼을 수 있었다. 게다가 M의 변명이 얼마나 유려할지, 나는 아직 발화되지 않은 그 말들을 충분히 떠올릴 수 있었다. 연애의 신호가 어긋났다고 말하겠지. 착각에서 비롯된 안타까운 사건일 뿐이라고. 등단 4년차와 20년차의 차이가 어떻게 작용할지도 확신할 수 없었다.

"너 팔로워 많지?"

그렇게 묻자 얼음찜질을 하던 K가 의아해하다가,
곧 이해했다.

"글 쓸 거야? 퍼뜨려달라고?"

"응, 신고도 신곤데 사람들이 알아야 할 것 같아."

M을 피해야 한다는 것을? 혹은 M에게서 독자들
의 애정을, 지면을, 권력을 빼앗아 와야 한다는 것
을? 그것에 대한 명확한 답은 내게도 없었다.

최대한 오해의 여지가 없는 글을 쓰려고 노력했
다. 썼다 지웠다 하며 고발에 대해 생각했다. 고발
의 티핑 포인트에 대해서. 내가 글을 쓰고, K가 재
게시 하고, 사람들의 반응을 기다렸다. 더 다치게
될지 어떨지 확신하지 못한 채로 빨간 버튼을 눌러
버린 셈이었다. 정확히는 파란 버튼이지만.

그리고 그 밤, 최초의 미사일을 따라 솟아오른 다
른 미사일들처럼 고발과 폭로가 사방에서 이어졌다.

'랜선-자아, 폭로'

《릿터》 3호, 2016년 12월 / 2017년 1월

많은 분이 이 짧은 소설이 내 경험일까 봐 걱정해주셨다.

처음부터 끝까지 픽션이라고 안심시켜드리고 싶다.

이 소설을 완성했던 것이 9월이었는데 10월부터 실제로

문단 내 성폭력 고발이 이어졌으므로,

지나치게 유사한 상황이 되어버리지 않았나 싶어

발표하지 말까 잠시 고민했던 기억이 난다.

최악을 상상하고 쓴 이야기가 현실을 닮아버리는 일들이

일어나지 않았으면 한다.

우리의 테라스에서,
끝나가는 세계를 향해 건배

원래 내 자리의 뒤쪽으로는 커다란 통유리 창이 있었다. 한국의 여름과 겨울을 잘 이해 못 한 외국 건축가가 설계한 탓인지 여름엔 등에서 지옥불이 타오르고, 겨울엔 플리스를 몇 겹 입어야 몸이 얼지 않았다. 유리창에 단열 뽁뽁이를 붙였더니 사장이 지나가다가 미관상 좋지 않다며 당장 떼어내라고 했는데, 욱한 나머지 직접 한번 내 자리에 앉아보시라고 말할 뻔했다. 개인 난로라도 쓸 수 있으면 좋았을 테지만 켜자마자 사무실 전체에 정전이 일어나서 포기하고 말았다. 몇 년 전에 무슨 건축상도 받은 건물이라는데 상은 껍데기에만 줬나 싶었다. 그리고 그보다 상황이 더 나빠질 줄은 차마 몰랐다.

"이번 리모델링 이후에 기획팀은 저층부로 내려가게 되었습니다."

전하기 어려운 내용을 전할 때 매번 그러듯 부장은 사람들 사이 허공을 바라보았다. 허공에 항상 자기편을 들어줄 누군가가 있다는 듯이.

"여기가 1층이잖아요? 어떻게 더 내려가요?"

그렇게 묻는 동료의 목소리가 끝으로 갈수록 떨렸다. 지하의 비어 있는 창고를 떠올린 것이다. 사람이 너무 참담하면 웃음을 터뜨리기도 하는 모양인지. 여기저기서 피식, 실소하는 소리가 들렸다.

"그럼 1층은 어느 팀이 쓰는데요?"

"1층은, 방문객용 체험 시설로 바꾸어 그간의 프로젝트 결과물들을 전시하게 되었습니다."

뭐야, 하고 누가 웃음기 없이 중얼거렸다. 한 번 들를까 말까 한 사람들을 위해 번듯한 공간을 내어주고 매일 일하는 쪽을 지하로 처넣다니 이따위 회사 망해버려, 하고 생각했지만 사실 내가 그만두는

게 빠를 일이었다. 그게 불가능하니 그저 지하는 덜 덥고 덜 춥겠지, 스스로 세뇌하듯 반복했다. 그렇게 나의 지하 생활이 시작되었다.

유행이 다 지난 VR 기기와 말도 안 되게 유치한 포토존이 1층을 차지했고, 우리 팀은 사방이 흰 벽으로 막힌 지하로 자리를 옮겼다. 통유리 창을 저주했던 지난날이 후회될 만큼 삭막한 공간이었다. 시간이 어떻게 지나는지 감이 오지 않았다. 희붐한 아침에 출근해 해가 다 지고 나야 퇴근했으니, 중요한 무언가가 삭제된 느낌이었다. 새로 설치한 공기 순환기가 잘 작동하고 있는데도 가끔 숨이 막혔다. 점심을 먹지 않고 비타민 D 주사를 맞으러 가는 동료들이 생겼다.

한동안 우리 앞에 나타나지 않던 사장이, 그래도 심했다 싶었는지 천장에 LED 하늘을 설치해주었다.

"장난 치냐? 이게 다 뭐 하는 짓이야?"

"아, 몰라. 일말의 비틀린 인간성이 남아 있긴 한가 보지."

직원들의 초반 반응은 싸늘하기 그지없었지만, 지내다 보니 그거라도 있는 게 나았다. 모르고 보면 천창처럼 보였다. 매일 다른 모양의 구름이 지나갔고, 뭘 어떻게 한 건지 높이 치솟은 것처럼 하늘의 공간감을 표현해냈다. 그 가짜 하늘을 만든 회사의 홈페이지에 들어가보았다. '외부 환경과 격리된 사람들의 심리적 안정을 위한 제품'이라는 설명에 수긍할 수밖에 없었다. 타깃인 나는 정말로 심리적 안정을 얻었던 것이다. 스모그와 미세먼지로 가득한 실제 하늘보다 그 하늘이 더 의지될 때가 많았다. 동료들과 곧잘 농담을 했다.

"오늘은 하늘이 캘리포니아 하늘이네요."

캘리포니아에 가본 적은 없었다.

"아니, 그보다 바르셀로나 하늘인데요?"

동료도 바르셀로나에 가본 적은 없었다.

"자외선이 말야, 그렇게 나쁘다잖아."

괜히 끼어드는 부장에겐 짜증이 났다. 선반에 어리는 이 햇빛은 가짜, 잊지 않기 위해 종종 속으로 중얼거렸다. 눈썹에 부드럽게 느껴지는 이 노을은 가짜, 모서리의 저 고무나무도 가짜, 나는 지하에 있어.

퇴근해서 돌아가는 곳이 지하가 아닌 게 다행이었다. 나와 내 오랜 룸메이트 엠제이는 반지하와 옥탑을 거쳐 드디어 적당한 중간층에 안착했다. 룸메이트를 본명 대신 이니셜로 부르면 〈스파이더맨〉의 캐릭터처럼 느껴지고, 또 우리가 뉴욕에 살고 있는 것처럼 느껴져서 즐거웠다. 나도 엠제이도 뉴욕에 가본 적은 없었다.

현관의 아리아드네 석고상에 털모자를 대충 얹어두었다. 아리아드네의 목에는 목걸이와 이어폰과 스카프가 엉켜 있었다. 현관을 지나면 바로 부엌인데, 거기 거대한 시트지 롤이 기대어 있어 올 게 왔구나 싶었다. 시각예술을 전공한 엠제이는 붙박이 아일랜드 식탁의 흠집 난 상판과 변색된 합판을 내내 거슬려 하고 있었다. 나는 시트지 롤을 슬쩍 건드려 보았는데, 키안티 대리석 무늬였다. 우리는 키안티에 가본 적 없고, 아마 지도에서 짚어보라고 해도 바로 짚지 못할 것이었다.

"걱정하지 마. 예쁠 거야."

커터 칼을 든 엠제이가 단호하게 말했다.

"빌린 집만 아니면 진짜 대리석을 올려버리는 건데."

"무슨 소리야? 진짜 대리석은 김칫국물에 약하다고."

바로 납득당하고 말았다. 나는 한 쌍의 손을 엠제이의 지시대로 움직였으며, 엠제이가 시트지를 붙이는 모습은 천수관음보살 같았다. 그리고 완성된 작품은 확언대로 근사했다. 만족한 엠제이가 가장 높은 곳의 찬장에서 샴페인 잔을 꺼냈다. 꺼내다가 하나를 떨어뜨렸지만 깨지지 않았다. 그 잔들은 투명한 실리콘 소재라, 아무렇게나 막 쓰기에 좋았다. 어차피 잔에 따를 것도 제대로 된 샴페인은 아니고 창고형 매장에서 사온 캔 와인이었다. 우리는 박탈당한 세대였고, 세계는 우리에게서 박탈한 것을 영원히 돌려주지 않을 것이며, 그 단호한 거부로 결국 무너져내릴 것이다. 그것에 대해 우리가 할 수 있는 일은 없고, 한계 속에서 감각만이 반짝이다 사라질 것이다.

샴페인 잔을 쥔 채 테라스로 나갔다. 테라스라고 부르기엔 작고 조악한 공간이지만 이 집을 계약한 이유였다. 엠제이가 녹슨 난간을 툭 건드렸다.

"이거, 칠할 거야."

"무슨 색으로?"

"골드. 어마어마한 골드로."

나는 동의하며 엠제이의 잔에 내 잔을 부딪쳤다. 아무 소리도 나지 않았지만 그런 효과음쯤은 얼마든지 상상할 수 있었다.

이미정 개인전 〈The Gold Terrace〉
2018년 11월

처음 작품을 접하고 완전히 반해버린

이미정 작가님이 개인전을 하시면서,

개인전과 궤를 같이할 짧은 소설을 청탁하셨다.

즐거운 구상을 한 후 전시 책자에 협업의 형태로

소설을 발표할 수 있었고,

다시 읽으니 그 전시장으로 돌아간 것만 같다.

전시에 대해서는 www.emjelee.com에서 읽으실 수 있다.

즐거운 수컷의 즐거운 미술관

즐거울 낙樂에 수컷 웅雄.

즐거운 수컷, 그게 내 이름이다. 이름을 지을 때 어른들은 대체 무슨 생각을 하셨던 걸까? 우스운 일은 성격이 정말 이름 뜻 그대로라고 주변의 평가를 받곤 한다는 것이다. 썩 기분이 좋진 않은데 인정할 수밖에 없다. 나의 내면은 언제나 파고가 낮고 평이하게 즐겁다. 특별히 사서 고민에 빠지는 일은 없다. 그래서 여자친구가 이렇게 말했을 때 갑작스럽다고 느끼고 말았다.

"그렇게 늘 애매하게 웃는 얼굴로 있지만, 오빠는 날 이해하려는 노력을 한 적이 없어. 그래서 그 편안한 얼굴이 이젠 무관심의 증거로 보여."

 그 말을 듣자마자 못 견디게 입꼬리가 신경 쓰였다. 웃는 얼굴이 마음에 안 든다니, 그렇다고 정색을 하면 상황이 더 나빠질 것 같고…… 평소 잔잔한 콧노래나 부르던 나의 뇌는 유례없이 핑글팽글 돌아가 그 사달이 난 것이 그놈의 졸업 작품 때문인 것을 곧 깨닫게 되었다. 여자친구가 바라는 이해의 수준은 애초에 무리였다. 나는 생명공학 전공으로 근미래에 닥쳐올 식량난을 타개하고자 연구에 모든 것을 쏟아붓겠다는 거창한 인생 목표를 세웠으나, 어느 날 눈떠보니 실험실 옆자리 인간이 병충해를 일으켜 내 수수밭을 말아먹지만 않으면 다행인 상황에 놓여 있었다. 여자친구의 설치미술 세계에 대해서는 앞부분의 '설치' 부분만 겨우 알 것 같았던 것이 접하면 접할수록 난해하고 의미심장했다. 딴에는 애쓰며 미술관이니 비엔날레니 따라다녔는데 제목이랑 도무지 연결을 시킬 수 없는 작품들도, 여자친구의 들쭉날쭉 파격적인 친구들도 끝내 좋아할 수 없었다. 여자친구를 충분히 좋아하니까 여자친구의 주변 반경까지 그리 좋아할 필요는 없지 않을까 했건만, 그런 마음을 졸업 작품을 감상하다가 들켜버린 것이다.

"2년 반 동안 구상하고 작업했어. 우리가 함께한 시간에서 영감을 얻은 거야."

여자친구가 설레하며 선보인 그 작품은…… 수식 불가능하게 못생긴 쇳덩이였다. 흉물스러운 무쇠 덩이들이 사슬로 공중에 매달려 있었는데, 제목은 '지속적인 사랑Perpetual Love'이었다. 세상에서 가장 흉포한 괴물 아기를 위해 모빌을 만든다면 딱 그런 모양이지 싶었다.

"음…… 강렬한 느낌이 좋네!"

다급하게 말했지만, 여자친구는 이미 내 얼굴을 읽고 있었다. 그날 이후 연락이 뜸하더니 결국 이별이 들이닥쳤다. 변명하자면 그래도 그 전시실에서 여자친구의 작품이 개중에 나았다. 바로 옆 작품은 유리병 수십 개에 해파리를 넣어 썩히고 있었다. 어떤 작품이 제일 마음에 드느냐고 물어 왔으면 진심을 담아 여자친구의 작품을 골랐을 텐데, 질문이 틀렸다고 우기기엔 늦어버렸다.

"한동안 연락하지 말자. 아티스트 레지던스 프로그램에 들어가. 외국에 갈 거야. 거미 다리 아래 웅크리고 울겠지……."

헤어지는 순간에도 여자친구가 하는 말은 한마디도 이해하지 못했다. 서로에 대한 완벽한 이해가 사랑에 선행되어야 한다면, 헤어지는 게 맞을지도 모르겠다는 체념이 들었고 더는 잡지 못했다.

여름을 앞두고도 나는 여자친구를 잊지 못하고 방황했다. 연락을 하고 싶었다. 뒤늦게 작품의 의미가 쾅광, 하고 나를 때렸다고 둘러대고 싶었다. 그 쇳덩이들이 왜 지속적인 사랑인지 드디어 깨쳤다고.

그러나 거짓말을 할 수는 없었다. 여자친구가 막 시작하는 예술가라 해도, 예술가 특유의 거짓과 진실에 대한 감각만큼은 예민하기 이를 데 없었다. 내가 정말로 변하지 않는다면 100분의 1초 만에 알아챌 것이다.

마지막 노력이다, 결심하곤 학교 미술관 아르바이트에 지원했다. 파트 타임으로 오후만 나가면 되어서, 실험실과는 시간이 절묘하게 겹치지 않았다. 실험실을 나설 때 이집트에서 온 교환학생에게 내 소중한 한 평 반짜리 수수밭을 부탁했다(며칠 지나자 내가 계속 지켜볼 때보다 오히려 때깔이 나았다. 역시 문명의 발상지에서 온 이집트인의 농사 실력이 한층 나은 건지도 몰랐다). 10년 후에 다가올 식량난보다 당장의 이별이 더 아픈 문제였다.

"어? 대학원생이네? 안 바빠요? 게다가 전공이……"

면접에선 관장님이 내 지원서를 보고 잠시 놀랐지만, 곧 옆에 있던 학예사 선생님이 치고 들어와주었다.

"체구가 좋네! 체구가 좋은 사람이 필요했어. 관

장님, 우리 이 학생으로 가죠."

학예사 선생님은 다리가 멋지게 휘어진 안경에 근사하게 틀어올린 머리가 일반인 기준에서는 개성 있었고 미술계 기준으로는 어떤 유형의 대표이지 않을까 싶은 분이었다. 어찌 되었든 쉽사리 합격한 것에 감격했으나…….

출근하자마자 깨달았다. 당했다. 일의 강도가 장난이 아니었다.

"그러니까 이 벽을 통째로 긁어내고 새로 칠한다고요……."

암담한 심정으로 폭이 넓고 높이도 꽤 되는 벽을 올려다보았다. 벽 가득 녹색 벽화가 그려져 있었다. '한중일 컨템포러리 영 블러드 展'이라는 거창한 이름의 전시가 있었는데, 그중 일본 작가가 와서는 우리나라 자생 식물을 즙 내어 그린 추상화였다. 추상화이지만 풍경화로도 보이는 묘한 작품이었고 관장님은 벽을 통째로 떼어내 보존하고 싶어했지만,

기술적으로도 예산 상으로도 무리였다. 작품이 이미 변질이 시작된 상태이기도 했다. 결국 아름다운 벽화의 파괴 작업은 간만에 뽑힌 체구 좋은 아르바이트생인 내 몫으로 떨어졌다.

"다음 전시는 뭔가요?"

한 손에 헤라, 한 손에 수세미를 쥐고 풀즙 그림을 긁어낸 뒤 이어 페인트칠을 하는 중에 사다리 아래를 바삐 걸어다니는 학예사 선생님께 물었다.

"아아, 미라가 들어올 거야."

"네? 미라요?"

"응. 남평 고씨 미라 발굴 소식 들었어? 젊은 여자 미라가 도로 공사장 모래 언덕 속에서 발견된 거, 뉴스에 많이 나왔는데. 그거 우리 학교 의대에서 연구하잖아. 무슨 의대가 맨날 부검으로만 유명한지."

"미라면 미술관보다는 박물관에 적합하지 않아요?"

"근데 우리 학교에는 박물관이 없고, 유명한 인물

도 아닌 미라라 다른 데서 별로 관심이 없었나 보더라고. 대신 디자인과 교수들이 신났지. 복식사 연구의 새 장이라나 하면서. 디자인이면 미술관이 맡는게 맞고…….”

학예사 선생님은 말을 멈추더니 날 보며 장난스럽게 웃었다.

“솔직하게 말해줄까? 여름방학이면, 주변 동네 초등학생들한테 티켓이 꽤 팔리거든. 방학 숙제로 ‘미술관 가기’가 꼭 있잖아. 미라보다 더 잘 팔릴 게 뭐 있겠어?”

학교 미술관은 20세기 중반에 지어진, 품격 있으나 매우 비효율적인 건물이었다. 냉난방 시설은 억지로 단 수준이었고 환기도 잘되는 편은 아니었다.

“엄마, 냄새 나, 으웩!”

좁은 미술관을 가득 메운 초등학생들이 투덜거렸다. 내가 외치고 싶은 말을 대신 외쳐주는 어린 관람객들이 고마웠다.

시취屍臭.

지금껏 한 번도 맡아본 적 없는 냄새지만 단번에 알 수 있었다. 모래 언덕에서 발견된 미라는, 막 썩기 시작한 시체만큼은 아니겠지만, 미술관을 시취로 가득 채웠다. 최고의 밀봉 기술자들이 와서 작업했다는데 뭐가 어떻게 된 건가 싶었다. 그러나 미라를 원망할 수도 없는 일이었다. 원망을 실어 노려보기엔, 너무나 몸체가 작았다. 16세기의 여자들은 다 저렇게 작았던 것일까? 44사이즈도 클 것 같았고, 여자친구보다도 작아 보였다. 여자친구가 작은 몸으로 그 무시무시한 공구들을 들고 작업할 때 안쓰러웠던 것처럼, 이렇게 작은 여자의 무덤이 모래 언덕에 삼켜져 계속 움직여야 했을 걸 떠올리면 마음이 저렸다.

"그럴 것 없어. 한껏 사랑받았던 여자야. 남편이 자기 저고리도 덮어주고 편지도 써서 관에 넣어줬던걸. 그 당시 양반가 사람이면 얼마나 팔자 좋은 거야? 낙옹 씨랑 나보다 훨 낫지. 양반도 장티푸스는 못 피했지만 말야."

학예사 선생님이 냉한 눈으로 유리관에 누운 미라를 내려다보며 말했다.

"덕분에 낙옹 씨가 밤에 근무를 좀 해줘야겠어."

"왜요?"

"남평 고씨 문중이랑 얘기가 다 된 거였거든. 근데 내부에서 의견 일치를 본 게 아니었나 봐. 갑자기 갓 쓴 할아버지들 몇이 어떻게 어머니의 벗은 몸을 전시하느냐며 찾아오고 난리네. 그럴 리는 없겠지만 미술관 폐관 후에 문제가 생길까 봐. 경비진을 더 늘리기엔 예산이……. 낮에는 안 나와도 돼. 수당도 더 높게 쳐줄게."

그리하여 나의 미술관 야간 생활이 시작되었다.

경비 분은 나이가 좀 지긋하셨는데 원래도 그러셨는지, 아니면 내가 와서 더 마음이 놓이신 건지 엄청난 숙면을 취하시곤 했다. 결코 편하지 않은 자세로도 깊이 잠드셔서 건강하게 오래 사시겠구나 속으로 중얼거렸다. 설립자와 그 후손들의 취향이 여간 중구난방이 아니어서, 고려청자부터 팝아트 작품까지 크지도 않은 미술관에 연결성 없이 빼곡했다. 서로의 후광을 팀킬하고 있는 형세이지만 가격을 따지면 어디 내놔도 만만하지 않은 컬렉션이었다. 거기다 소소한 논란의 미라까지 합세한 것이니, 보안의 허술함에 괜히 나만 긴장하게 되었다. CCTV를 뚫어져라 보다 보면 눈이 시렸다. 잠시 눈을 쉬게 할 때면 로비에 굴러다니는《퍼블릭 아트》를 뒤적이곤 했는데, 여자친구가 정기구독하던 잡지라 감성적이 되었다.

어느 날 밤 잡지에서 고개를 들어 CCTV를 바라봤을 때, 나는 처음으로 그 현상을 목격했다.

화면 안엔 치마 잠옷 같은 것을 입은 외국인이 복도를 걸어다니고 있었다. 치마 잠옷을 입은 한국인을 봐도 놀랄 판에, 외국인이라니 뇌가 정보를 쉬이 처리하지 못했다. 기계적 혼선인가? 아니면 잡지에서 본 이미지가 잔영으로 따라붙은 건가? 혼란에 빠진 나는 경비 분의 무릎을 흔들었으나 내 다급한 손길에도 아저씨는 깨어나지 않았고, 외국인은 곧 화면 밖으로 사라졌다.

환각이다. 환각을 보다니……. 나는 빈 화면을 보며 마음을 가라앉혔다. 오전에 실험실에 있다가 저녁에 눈 붙이고 밤에 재차 일하는 것은 확실히 무리였다. 건강한 20대라고 생활 리듬의 중요성을 고려하지 않았구나, 스스로를 가볍게 다독였다. 그러고 다시 그 현상을 경험하기까지는 열흘 넘게 간극이 있었기에 그 밤의 기억은 희미하게 소화된 후였다.

두 번째 경험은 CCTV를 통한 것이 아니었다. 순찰 중 한복 입은 할아버지가 계단에 쭈그리고 있는 것을 발견했을 때, 나는 잠옷 입은 외국인 따위는 잊은 채 당연히 학예사 선생님이 경고했던 유림 할아버지라고 판단하고 말았다.

"할아버지, 밤에 여기 들어오시면 안 돼요."

나는 손전등을 옆구리에 끼고 웅크린 노인을 겁주지 않기 위해 천천히 다가섰다. 경보가 울리지 않았다니, 건물의 노후화가 심각하구나 고개를 저으면서. 노인이 귀신같이 보안 장치를 통과했을 것 같진 않았다.

"자기……."

노인이 여전히 고개를 숙인 채 떨리는 목소리로 말했다. 자기라니, 나는 부적절한 호칭에 흠칫해서 더 다가가지 않고 멈춰 섰다. 노인은 비실비실 일어나더니 급작스럽게 두 손바닥을 내 턱밑까지 내밀었다. 뭔가 축축한 것이 잔뜩 묻어 있었다. 배설물일 줄 알고 최악의 상상을 했을 때 훅, 흙냄새가 끼쳤다.

"내 자기가!"

내가 흙이란 걸 확인하고 안도하던 바로 그 순간에 노인은 짧은 비명을 지르고는 풉, 하고 가루가 되었다. 내 4세대 수수보다 더 잔 알갱이로 흩어졌다. 앞으로 다가가지도 못하고 뒤로 물러서지도 못한 채 찡하게 아파오는 양쪽 관자놀이를 문질렀다. 머릿속에서 단어들이, 판단들이 엉망으로 엉켰다.

끝내 도출된 결론은 하나였다. 귀신이구나. 귀신을 봤구나.

상식적이지 않은 결론이었지만 나름 논리적이기는 했다. 남평 고씨 문중의 항의 방문이라면 갓과 좋은 한복을 갖춰 입고 왔을 터였다. 다 해진 한복에 맨 상투 차림일 리가 없었다. 경보가 울리지 않은 부분도 귀신이라면 해결이 됐다. 귀신같이 침입한 것이 아니라 정말 귀신이라면…….

나는 어느새 콧물을 흘리고 있었다. 그 와중에 안간힘을 써 눈물을 삼킨 게 뒤로 넘어간 모양이었다. 콧물을 닦으며 기대어 선 벽은 도자기 컬렉션이 있는 3관의 벽이었다.

그날 밤 이후 어떤 역치가 깨졌는지, 국내외의 죽은 창작자들이 밤마다 가득 미술관을 걸어 다니기 시작했다. 내가 처음 봤던 잠옷 입은 외국인은 알고 보니 현대미술계의 총아였던 작가로 주로 폐쇄된 놀이공원의 회전목마를 사들여 형광 줄무늬를 입히는 작업을 했었는데, 그 말 중 한 마리가 우리 미술관에 있었다. 우울증이 심해 폐쇄병동에서 삶을 마감했다고 찾아볼 수 있었고 잠옷인 줄 알았던 건 입원복인 모양이었다. 그 유령 말고도 수많은 외국인 유령이 오락가락했는데, 여자친구라면 유명한 미술가들이라고 좋아했을지도 모르지만 문외한인 나에겐 그냥 다 싫은 존재들이었다. 미술가들은 죽으면 자기 작품에 붙는구나, 그러면 다른 사람들은…… 번지는 생각을 거기서 멈추게 했다. 알고 싶지 않았다. 동시에 알리고 싶지도 않았다. 위에 보고를 하긴 해야 할 텐데 좀처럼 엄두가 나지 않았다. 뭐 대단한 아르바이트라고 그 와중에 꾸준히 출근한 스스로가 자랑스럽기는 했다. 나는 교양 있거나 감각적인 사람은 아닐지 몰라도 책임감만큼은 확실한데, 여자친구는 왜 이런 자질을 몰라봐주었을까 섭섭할 정도였다.

적절히 처리하지 못한 정보들은 머릿속에서 점점 회오리바람이 되어갔고, 미술관 유령들의 출몰

개체수와 빈도수 역시 우상향 그래프를 그리고 있었다.

문득, 미라가 궁금했다.

CCTV는 미라가 있는 기획 전시실의 입구만 비출 뿐이었다. 더 이상 죽은 미술가들을 봐도 요도가 찌릿찌릿하지 않게 되었을 때, 나는 남평 고씨 미라를 찾아가기로 마음먹었다. 귀신 사태가 익숙해졌다 뿐 기껍지는 않아서, 복도와 계단을 누빌때 마음을 기대기 위해 경비실의 지압봉을 주워 들었다. 진압봉도 아니고 지압봉이라니 쓸모없을 게 분명했지만.

미라 전시실은 조용했다.

아무것도 걸어다니거나 웅크리고 있지 않았다. 펼쳐 걸린 옷 한 벌쯤은 직접 지었을 것 같아 살펴보러 온 것이었는데, 예상이 빗나간 듯했다. 그대로 조용히 잠들어 있는 미라 곁을 스쳐 걸었다. 어째선지 미라의 바싹 마르기 전 얼굴을 보고 싶었다. 여자친구랑 닮았을지도 모른다는 이상한 생각을 했던 것 같다. 싱거운 마음이 되어 전시실을 빙 두른 진열관에 캡 모자의 챙 끝을 대고 고씨 미라의 소박하면서 우아한 부장품들을 내려다보고 있을 때였다.

사각거리는 소리를 들었다.

고개를 돌리지 않고도 알 수 있었다. 등 뒤에 한복 겹치마를 입은 여자가 서 있다는 걸. 콧물을 포함한 어떤 체액도 흘리지 않으리라 다짐하며, 21세기의 훈훈한 청년답게 부드러이 돌아섰다. 하나, 둘, 셋.

"……아니네."

나의 무려 미소 띤 얼굴에다 대고, 여자가 말했다. 표정 변화가 격했다. 내가 처음 돌아봤을 때 여자는 뭔가 기대하는, 반가워하는 얼굴이었는데 내 얼굴을 확인하고는 팍 실망을 하더니 곧 알갱이로 흩어졌다. 어이가 없었다. 잠깐, 하고 외쳐봤지만 늦었다. 나도 실망한 건 마찬가지라고 표현하고 싶었는데 말이다. 미라는 여자친구랑 하나도 닮지 않왔다. 오종종한 전형적인 옛날 사람 얼굴이었을 뿐이다. 이쪽도 아니네, 하고 말하고 싶었는데 선수를 빼앗긴 셈이었다.

휴, 나란 남자, 어떻게 귀신까지 실망시킨 걸까.

여자친구에게 차이고, 미라한테까지 괄시당했지만 나는 과학자다. 나는 이 일련의 현상들이 원래 이 미술관에서 일어나고 있었는지 아니면 미라 전시 이후로 벌어진 일인지 확인하고 싶었다. 물질계에 존재한다면 귀신이라 해도 물질이든 에너지든 둘 가운데 애매한 상태이든 계측이 가능하리라 싶었다. 그렇다면 그 출처와 흐름 역시 판별할 수 있을 것이었다. 뭘로 계측을 해야 할지 몰라서 누전 검사기, 가스 누출 검사기, 입자 검출기까지 빌렸다. 앞의 둘은 시설관리팀에서 대여했고 마지막 것은 응용물리학과 조교로 있는 고등학교 동기에게 전화를 걸어 구했다.

"나 입자 검출기 한 대만 잠깐 빌려줘."

"뭐? 뭐에 쓰게."

귀신 잡게, 라고는 차마 말할 수 없어 가만있었다.

"싸구려 가이거 계수기밖에 없어. 좋은 기계는 못 빌려줘. 그냥 하나 사."

"하루만 빌려줘."

"알았어. 제대로 반납해."

더 묻지 않아줘서 다행이었다. 생명공학과에서 그게 왜 필요한지 궁금하지도 않아 하는 녀석의 무심함이 고마웠다. 고스트 버스터즈 세대에 속하긴 해도 고스트 버스터즈 세계에 속하지 않는 이상 외로운 경험일 수밖에 없었다.

디자인이 들쭉날쭉해 여자친구가 봤더라면 못마땅해했을 측정기들 셋을 묶어 들고, 밤의 미술관으로 들어섰다. 멍청한 모습으로 걸어가는 나를 같은 유령으로 판단했는지 서성거리는 존재들은 그다지 알은체를 해오지 않았다. 가장 꺼림칙하지 않은 몇몇에게 측정기를 들이대자 세 기계의 수치가 동시에 조금 올라갔다가 내려갔다.

"지금 장난 쳐?"

나도 모르게 탄식하고 말았다. 동시 오작동이라니 짓궂은 비논리의 손가락이 내 기계들을 놀리려고 헤집은 거나 다름없었다. 거기서 멈출까 하다가 그래도 나선 김에 미라 전시실로 향했다. 수치는 점점 올라가기 시작했다.

"어, 아니네?"

미라에게 복수를 하려던 건 아니었다. 그 광기 속에도 일관성이 존재했고, 정말로 근원지는 미라가 아니었던 것이다. 그렇다면 부장품을 의심할 만했다. 나는 벽을 둘러 가며 원래의 빛깔을 잃은 옷과 장신구들 가까이 기계들을 가져다댔다. 곧 확연한 근원지를 발견할 수 있었다.

반원형 금속이었다.

특별히 눈에 띄는 물건은 아니었다. 나는 손전등으로 설명을 읽었다. '청동 거울'이라고 했다. 반사의 기능은 원래부터 없었거나 사라진 것 같았으며 원형이 아니라는 점이 특히 의아했다.

한참을 전시실에 머물렀지만 미라 귀신은 나타나지 않았다.

"파경破鏡이라고 못 들어봤어?"

청동 거울에 대해 묻자 학예사 선생님이 싱글거리며 되물어왔다. 질문 받기를 좋아하는 성격이었다.

"기사 제목에서나 봤죠. 연예인 커플 누구누구 파경, 그럴 때요."

"그 파경이 맞긴 한데, 요즘은 부정적인 느낌의 말이 되어버렸지만 옛날엔 꽤 낭만적인 풍습이었어. 연인들이 헤어질 때 거울을 쪼개어 한 쪽씩 증표로 나눠 가졌던 거지."

"네? 저 두꺼운 금속을 쪼갠 거예요?"

"……아니, 저건 원래 저렇게 주물한 거지. 설마."

"아."

"사랑이 없었다면 함께 묻히지 않았을 물건이네."

학예사 선생님이 남평 고씨 미라를 흥미로워하며 내려다봤다.

"거울 나머지 한 쪽은 어디 있을까요? 맞춰서 전시하면 더 좋을 텐데."

"아, 그게 지금에 와서 찾아지겠어? 새가 되어 날아온다면 모를까."

"새요?"

"그 말의 유래엔 거울 한쪽이 새가 되어 다른 한쪽을 찾아갔다는 전설이 있어. 사전만 찾아봐도 나온다고."

선생님이 게으른 학생인 나를 질책하며 웃었다.

"이따 문중 어르신 한 분이 이 사람 남편 편지 해석한 걸 들고 오신다 했거든. 그때 더 물어보든지."

편지는 길고 절절했다. 그 집안과 부부의 대소사가 상세히 이어져 외부인으로서는 알기 힘든 내용도 적지 않았다. 그러니 전시가 시작되고도 2주일이나 지나 해석본이 나온 것이다. 그중에 마음을 끄는 구절이 있었다.

언문을 배울걸 그랬소. 그 쉬운 언문을 배우는 게 뭐 어렵다고 미루고 미뤘는지. 언문을 배워놨다면 이 편지를 당신에게 익숙한 글로 적을 수 있었을 테지. 당신의 말을 배웠어야 했는데 이렇게 늦고서야 나 자신을 질책하오.

후회하는 연인은 어느 시대나 있었다. 언문을 미술로 바꾸면, 내 얘기나 다름없지 않은가 싶어 나도 모르게 긴 한숨을 내쉬었다. 그 소리에 어르신이 떨떠름하게 뒤돌아봤다. 나는 한숨을 갈무리하고 최대한 심상하게 의견을 제시했다.

"어르신, 저 거울 말인데요. 혹시 나머지 반쪽을 보관하고 계시는 분이 있지 않을까요? 이 기회에 찾아 맞추면 뜻깊고 좋을 것 같아서요."

노인이 갓끈을 만졌다.

"그 생각을 안 한 것은 아니네만, 그사이 나라가 망하고 전쟁도 많았다네."

조선을 나라라고 말하다니, 정말 다른 시대 사람 같아 놀라웠지만 티 내지 않았다. 기죽지 않고 재차

보챘다.

"그래도 말씀을 내어주시면 다들 한 번씩이라도 찾아보지 않을까요?"

동의해서인지, 귀찮아서인지 갓 쓴 어른이 고개를 끄덕였다.

교복을 입은 학생이 자개 상자에 든 거울 반쪽을 들고 온 것은 여름이 끝날 무렵, 전시 마지막 주의 일이었다.

"직계 후손이래."

학생이 관장님과 악수를 하고 있을 때, 뒤에서 슬쩍 학예사 선생님이 일러줬다.

"미라의 후손요?"

"응. 스물셋에 죽었는데도 아이가 넷이었대. 후손이 꽤 불어났겠지만 그래도 신기하지?"

진열관을 열어 거울을 맞추었다. 훼손된 부분도 마모된 부분도 없이 틈 사이가 꼭 들어맞았다. 그날 이후 미라의 유령도, 그 누구의 유령도 본 적이 없어서 알 수 없지만 어쩐지 미라가 "맞네" 하고 그 후 손을 보고 웃었을 것 같은 기분이 들었다. 그렇게 나의 다사다난하고 파란만장했던 미술관 아르바이 트가 끝났다.

아르바이트 경험이 아주 소득 없었던 건 아니어 서, 여자친구가 말했던 거미 다리가 루이즈 부르주 아의 〈마망Maman〉이라는 걸 뒤늦게 깨달을 수 있었 다. 문제는 그 작품이 전 세계에 여러 점 흩어져 있 다는 것이었다. 스페인 빌바오 구겐하임 미술관, 캐 나다 내셔널 갤러리, 영국 테이트 모던, 일본 롯폰 기, 우리나라의 리움에도 있었다. 일단 외국에 간다 고 했으니 리움은 제외했다.

"다른 단서는 없어?"

어쩐지 매우 재밌어하면서, 학예사 선생님이 물 었다. 나는 고개를 저었다.

"SNS 같은 건 안 한대?"

여자친구의 거의 사용하지 않는 블로그를 열어 보았는데, 업데이트된 거라고는 이미지 한 장 없이 단 한 문장뿐이었다.

월계수가 가득, 매일 들이마시고 있어.

미술 전공이면 사진도 좀 좋아해야 하지 않나, 원망스러울 정도였다. 절망해서 키보드에 닿을 때까지 고개를 숙이고 있을 때, 학예사 선생님이 새벽의 까마귀 같은 비명을 질렀다.

"나 알았다! 어머 어머, 테이트 모던에서 퐁피두 센터로 건너갔나 보네! 퐁피두 센터에 월계수로 된 방이 하나 있어. 주세페 페노네의 〈그늘을 들이마시다〉라는 작품이 방 하나 통째거든. 지금 프랑스에 있나 봐, 얼른 가 봐!"

"틀렸으면요?"

그랬더니 학예사 선생님이 찰싹, 내 등을 때리며 단호하게 말했다.

"틀리지 않았어."

전문가의 직업적 효능감을 건드리면 곤란하다는

걸 배웠다. 나는 그 즉시 비행기 티켓을 끊었다.

"여자친구가 낙옹 씨한테 암호를 보낸 게 아닐까?"

"……걘 저한테 그 정도 기대 안 할 거예요."

비행기가 이륙하는 순간, 여자친구를 처음 만났을 때를 떠올렸다. 우리는 연합 동아리에 속해 있었고, 그땐 나도 학부생이었다. 미술학부 애는 그 애 하나라 적응을 잘하고 있는 건지 유난히 신경 쓰이곤 했는데, 매일 헝클어져 있는 머리엔 어째선지 종종 나뭇잎이나 날벌레가 붙어 있었다. 어디 풀숲에라도 누워 있다 온 걸까 상상하게 되었다. 다른 애들은 머리에 벌레 붙었다고 놀리기 바빴는데, 내겐 왜 그 모습이 그렇게 예뻤을까.

어느 날, 그 애의 머리카락 사이에서 무당벌레 한 마리가 날아올랐고, 나는 그 애를 사랑한다고 느꼈다.

가서 그 순간에 대해 이야기해줘야겠다고 마음먹었다. 월계수로 가득한 방에서. 브론즈 폐가 빛나는 방에서. 비록 우리가 쓰는 언어가 다르다 하더라도, 전달할 수 있을 것 같았다.

언제나 제대로 봐왔다고,

언제까지나 제대로 봐줄 거라고.

에필로그

여자친구의 마음을 다시 얻고, 2년이 지났다. 이번에는 첫 개인전이라고 했다. 아침, 거울 속의 나는 예술을 감미롭게 즐길 준비가 된 교양인의 표정을 하고 있었다.

"어때? 그때 나를 만나러 와주고 함께 다녔던 여행에서 영감을 얻었어. 제목은 '원 뷰티풀 월드One Beautiful World'야."

메인 작품 앞에서, 하필 메인 작품 앞에서 또 얼굴이 무너지고 말았다. 아아, '원 어글리 월드One Ugly World'가 아니고?

퍼블릭 아트 창간 5주년 기념호
《퍼블릭 아트》, 2011년 10월

이 이야기는 엽편보다는 단편에 가까운 분량이지만,

이 책에 어울릴 것 같아 함께 묶기로 했다.

잡지 퍼블릭 아트의 창간 5주년을 축하하는 단편이었다.

〈박물관이 살아 있다〉 시리즈를 아주 좋아하는 편이라,

볼 때마다 조금 울곤 했기에 오마주로 바치고 싶기도 했다.

Centre

유독하고도
흡족할 거예요

호오 好惡

도트 무늬의 도트는 작고

사이는 멀며

일렬이 아니어야 해요

점들이 좀 일렁이며 흩어지면 좋겠어요

당신이 모든 것을 대수롭지 않아 해서 좋아해요

지루해하고 시시해하는 표정이 좋아요

감동 같은 걸 하지 않는 사람이라서

전집을 버리고 잡지를 모으는 사람이라서

도시 전체가 정전된 꿈을 꾸었어요

꿈 이야기를 하면 반칙인가요

버스를 기다리는데 차창의 전광판도 꺼져서

몇 번인지 도무지 알 수 없었어요

하지만 그건 정전과는 상관없지 않나요

수조의 멍게가 너무 커서 심장처럼 보이네요
당신이 내 앞에서 상처를 열면
물의 냄새, 유리의 냄새
혹 내가 쥐고 있는 것이 날카로운가
손을 내려다봐요

우리 괜찮게 살다가 좋은 부고가 되자,
그렇게 말하곤 웃었지요
당신이 견디면서 삼키는 것들을
내가 대신 헤아리다 버릴 수 있다면,
유독하고도 흡족할 거예요

네 사람

첫 번째 사람이 두 번째 사람을 울려서
세 번째 사람은 첫 번째 사람을 미워하게 되었습니다
네 번째 사람은 두 번째 사람의 손을 잡고 달아나고
　싶어 했지요

나랑 떠나지 않겠어요, 묻는 사람은
그러나 투명한 벽을 이해하지 못하는 새 같았습니다

대멸종의 시대가 올 거예요
여섯 번째 대멸종의 시대가,
몸길이가 60센티 이상인 동물은 살아남지 못할 겁
　니다
네 사람 중 누구도 아닌 사람이 말했고
네 사람은 고개를 끄덕였습니다

한 사람은 내심 기뻐했고

한 사람은 큰 포유류들을 걱정했습니다

아무도 인간은 걱정하지 않았습니다

두 번째 사람이 첫 번째 사람을 용서했고

그래서 세 번째 사람은 두 번째 사람을 미워하게 되

　었습니다

네 번째 사람은 세 사람 모두에게서 달아났습니다

'크로스 오버'
《더 멀리》 12호, 2017년 2월

아껴 읽었던 독립 잡지 《더 멀리》에는

크로스오버 코너가 있었다. 평소 자기가 쓰는 장르를 벗어나

다른 장르를 쓰는 지면이었다.

소설가에겐 시나 평론이 선택지로 주어졌는데,

같은 산문인 평론을 택할 수도 있었지만

스물다섯 권의 시집을 편집한 경력을 감안할 때 시에서 도망치면

비겁한 일일 것 같았다.

딱히 누가 지켜보는 것은 아니지만

스스로에게 비겁한 느낌을 어떻게 설명하면 좋을까?

시를 사랑하면서 한 번도 써보지 않았다는 것은 새삼스럽기도 했다.

인생에 딱 두 편의 시를 쓰는 것도 나쁘지 않겠다고 도전했는데

시가 그렇게 쓰기 어려운 줄 몰랐다.

두 편을 완성하고 나서는 만나는 시인마다 존경을 표하게 되었다.

B

side

잘 속지 않는

세대에

속했다는 것

마스크

21세기 전반 사람들이 썼던 얼굴 하반부를 가리는 1회용 마스크는, 같은 세기 후반에는 상시용 전면 마스크로 교체되었다. 초기 모델은 3D 프린팅 기술로 만든, 스노클링 마스크를 닮은 실용적인 형태의 것이었지만 나노봇 상용화 이후에는 얼굴 전체에 얹어진 부드러운 막에 가까워졌다. 대기 오염과 연쇄 팬데믹에 대한 무딘 대응책이었다. 목걸이 형태의 배터리로 에너지를 공급했고, 종종 막이 일렁이면 간지러움을 유발할 때도 있었지만 숨쉬기엔 훨씬 편했다. 실내에서도, 잘 때도 써야 했으므로 제2의 얼굴이 되었는데 반투명한 나노봇들이 눈코 입을 흐릿하게 만들게 두기보단, 아예 장식적으로 조형하는 게 낫겠다는 생각을 곧 떠올리게 되었다. 초기엔 원래 얼굴을 바탕으로 이곳저곳을 변형하는 수준이었지만, 곧 죽고 없는 고전영화 속 배우들의 얼굴을 장난스럽게 썼고, 더 나아가 그때껏 존재한 적 없던 아름답고 기괴한 갖가지 조합을 실험했다. 3년에 한 번 나노봇 전체 교체 시기를 맞을 때 정도만 타고난 얼굴이 드러났고, 사람들은 마스크 없는 그 잠시를 낯설어했다. 흥미로운 것은 사람과 사람 사이 관계의 질이 한층 높아졌다는 것이다. 미추나 성별, 나이, 인종과 국적이 얼굴에 바로 드러나지 않는 상태에서 상징에 가까워진 얼굴은 한 사람의 정체성과 상상력을 불순물 없이 드러냈기 때문이다. 한 사람의 마스크가 급격히 다른 이미지로 변한다는 것은 신상의 큰 변화와 겹칠 때가 많았고 지나치게 매일 다른 마스크를 쓰는 사람은 아무래도 신뢰를 얻지 못했다. 누군가는 기원전의 조각에서 이미지를 따왔고, 멸종하고 없는 동식물의 일부를 모사하기도 했으며, 꿈속에서, 이야기에서, 천체 사진에서 모티프를 얻었다. 이미지 그 자체가 가장 많이 팔리는 뷰티 프로덕트였고 진부한 도용을 하는 사람은 비웃음의 대상으로 전락했다. 때로 아주 유사한 이미지의 마스크를 한 사람들이 길에서 멈춰 서서 서로의 얼굴을 오래 들여다보곤 했다.

'미래의 뷰티'
《W》, 2019년 3월

30년에서 50년 후의 뷰티 프로덕트를

상상해달라는 청탁을 받고 썼다.

썼던 중 가장 짧은 편에 속하는데

이상하게 가장 좋아하는 편에 속하기도 한다.

청탁한 분들이 원했던 내용은 아닐 수 있겠다.

우윤

　나는 꺼진 모니터 화면에, 사람들의 시야 모서리에, 소문과 잘못된 정보와 복사에 복사를 거듭하여 열화된 이미지에 존재하지 않는 방식으로 존재합니다. 하지만 다들 그렇지 않은가요? 그렇지 않은 사람을 찾는 게 더 어렵지 않을는지요. 모두 언제든지 말라버릴 물웅덩이에 흐리게 반사된 얼굴들일 뿐이란 걸 받아들인 지는 오래되었습니다. 가까운 이들은 말하곤 했어요. 너는 환생을 아주 여러 번 했나 봐, 한 번 살아서는 얻을 수 없는 시니컬함이네. 그런 말에 수긍하는 날도 있고 전혀 수긍할 수 없는 날도 있습니다. 어쨌든 갤러리의 유리 위로 아름다운 타이포가 가득했을 때, 그것에 겹쳐 한쪽으로 머리를 기울인 그림자가 번졌을 때, 나는 잠시 완전하게 존재했습니다. 당신들 사이를 걸었습니다. 8월의 지글거리는 거리에서 팸플릿을 차양 삼아 쓰고 눈을 가늘게 떴습니다. 인사하고 포옹하며 필요하고 불필요한 디테일로 꽉 찼습니다.

어쩌면 디테일이 다일지도 모릅니다. 나의 이름을 지은 사람들은 냉전 시대의 스파이들처럼 과거와 경력과 취향을 채워 넣길 바랐습니다. 이를테면 나는 1987년 과천에서 태어났고, 고등학교는 해외에서 근무하는 부모님을 따라 고베에서 다녔으며, 대학은 보스턴에서 졸업했습니다. 조금 억지스럽고 작위적인 배경인데 추적을 피하려면 어쩔 수 없었지요. 한국은 좁고 서로가 서로를 자기 손바닥과 손등처럼 아니까요. 첫 경력은 브랜딩 에이전시에서 시작했고, 일본에 남아 언더그라운드 음악계에서 일하는 언니 심정윤을 위해 디자인 작업을 했다고도 되어 있네요. 언니와 손을 잡고 알록달록한 철망 앞에 서 있는 옛날 사진 같은 것들이 어딘가 있어도 이상하지 않을 듯해요. 언니에게는 미안하지만 정윤보다는 우윤이 더 좋은 이름이라고 생각합니다. 발음은 부드러워도 고집이 있을 것 같은 이름이잖아요. 하와이와 하와이를 모사한 파도 섬의 야자수 해변들, 보스턴의 조 모클리 파크의 변하는 날씨들이 저를 천천히…… 혹은 즉석으로 구성했어요. 그렇게 지구를 떠돌며 살아도, 언제나 한국의 그래픽 디자인계를 궁금해했습니다. 작업비가 들어오면 잡지를 직구해 보았고, 좋아하는 브랜드에서 재킷을 샀습니다. 아페세도 사고 오프 화이트도 샀죠. 직접 디자인한 타투가 몇 개 있고, 인스타그램 계정도 있고, 망원동의 투룸과 그 안의 고양이 시로와 시로의 사료와 시로를 위해 만든 소책자가 있고, 차는 없지만 더할 것도 뺄 것도 없이 마음에 드는 라임색 자전거가 있습니다. 서울의 타코란 타코는 다 먹어볼 기세로 타코를 사랑합니다. 그런 것들이 중요했습니다. 보편적이면서 보편적이지 않은 디테일들이요.

언제나 부유浮游해왔고, 떠다니는 것을 싫어하지 않기에 한국에 돌아온 것은 스스로 생각해도 좀 의외였습니다. 비슷한 환경에서 자란 디자이너들이 그렇듯이 정체성이란 건 마음먹기에 따라 유연히 바뀌고, 빠르게 흐르고, 혼합되고, 화학반응을 일으키고…… 잘 다룰 수 있게 되면 착탈식으로도 사용할 수 있지요. 그런데도 돌아온 것은 부유하는 와중에도 어딘가 내 내부에, 불연속된 부분이 있다는 걸 깨달았기 때문인데 그 틈새로 슬쩍 손가락을 넣어보고 싶었던 게 아닐까 싶습니다. 불쾌하거나 불편한 것까지는 아니에요. 그냥 거기 존재할 뿐인데, 들여다보면 다시 잇고 싶은지 내버려두고 관찰하고 싶은지 결정할 수 있을 것 같아서 말해볼 뿐입니다. 불연속을 자각한 계기에 대해 약간의 보충이 필요한가요?

뻔한 경험일지 모르겠지만, 휴가지에서 박물관에 들렀습니다. 파리의 작은 공예 박물관이었는데,

정말로 소장품이 궁금했던 것만큼이나 오후의 햇빛을 피해보려고 들어간 게 컸습니다. 구석에 길게 펼쳐진 병풍 앞에 섰어요. 19세기 한국에서 제작된 그 병풍은 더 이상 아무것도 가리지 않고 스스로가 주인공이 되어 유리관 안에 펼쳐져 있었습니다. 폭마다 화려하게 핀 모란과 그 아래를 기어가는 작고 푸른 게들에게 마음을 빼앗겼지요. 모란은 꽃 중의 왕이라서 또 게는 갑甲이 게딱지와 첫 번째 오는 것을 중의적으로 뜻해서, 둘을 더해 최고의 경지에 다다르고자 하는 마음을 표현하는 것이라고 읽었습니다. 불과 100년 전, 200년 전에는 설명이 필요 없이 통용되던 관습적 테마, 시각적 코드였겠죠. 그런데 21세기의 저는 설명이 붙어 있어야 겨우 이해할 수 있었던 거예요. 사방이 그런 상징들로 가득했습니다. 박쥐는 복을 의미하고, 기러기는 노후의 평화를, 석류는 건강을 의미한다고 했지요. 유럽의 박물관에서 아시아의, 한국의 시각적 코드에 전혀 접속하지 못하다니 쓴맛이 나는 이질감을 느꼈습니다.

마치 한때 크게 유행했다가 생산 중단된 장난감을 앞에 두고, 작동 방식을 이해하지 못해서 혹은 암호 같은 게 배타적으로 걸려 있어서 가지고 놀 수 없게 된 것 같았어요. 단순한 표지판 앞에 서서 내용을 이해하지 못하는 외계인의 기분이었죠. 따져보면, 모란과 게보다 백합과 유니콘에 대해서 더 직관적인 이해를 한다는 것은 희한한 일 아닌가요?

거기, 불연속이 있었습니다. 최초로 그것을 분명하게 인식했지요. 내 안에, 끊어진 회로가 있다는 것을요. 잃어버린 시각적 코드들을 수집하기 시작했습니다. 단절 너머에, 길지 않은 시간 전엔 보편성을 가지고 있었지만 이제는 특수성에 갇힌 이미지들이 뿌옇게 비칩니다. 잃어버린 것이 있다는 것을 아는 것, 공동空洞을 인지하는 것, 완전히 회복할 수 없음을 인정한 후에도 계속하는 것…… 요즘은 코드 파인딩 클럽을 만들어서 친구들과 함께하고 있습니다. 단절과 종속, 연결과 이식에 대해 곱씹는 그래픽 디자이너들의 모임이지요. 거창할 것 같지만 별로 심각하지 않은 톤으로 이야기를 나눌 뿐입니다. 서울의 그래픽 디자인계는 베를린의, 런던의, 뉴욕의 계와 어느 선상에 놓이는지? 한국에서 일하면 한국의 그래픽 디자이너인 건지? 우리는 어느 밴다이어그램에 안기고, 어디에서 또 튕겨나가는지? 시각적 코드를 이해하는 일은 정체성에 어떤 영향을 미치는지? 불연속에 대해 질문을 한다는 점에서 계속 1세계를 의식하고 있는 건지도 모르고, 1세계 사람들은 1세계라는 테두리를 의식하지 않을 테니 우리 쪽이 한층 정확한 시야를 가진 건지도 모릅니다. 눈과 손과 마음에 익은 도구들이 모조리 바깥에서 왔지만, 그 도구로 낯설고 익숙한 것에 대해 끝없이 파고든다는 점에서 우리의 활동은 다원적이고 다방향적입니다. 독특한 이중성을 이해하고 움직이는 일에 의미가 있는지는 잘 몰라도 재미는 확실히 있습니다. 우리는 하나의 이미지를 탁구공처럼 주고받으며 변주시킵니다.

세대가 다른 사람들이 우리를 자꾸 비웃습니다.

밀레니얼 세대들은 얄팍해, 밀레니얼 세대들은 멍청해, 밀레니얼 세대들은 유난스러워, 밀레니얼 세대들이랑 일을 못하겠어…… 어떤 날은 밀레니얼 세대들을 위해 커다란 깃발이라도 내걸고 싶어진다니까요. 한껏 도발적인 폰트로다가요. 우리 세대에는 분명 모순이 있을 겁니다. 최첨단의 문명을 누리며 자라 타로카드 점괘를 믿는다거나 하는 모순은 사실 어느 세대에나 있지 않나요? 뉴트로 열풍도 비슷한 의미로 자주 조롱당하는데, 인간은 가져 본 적 없는 것도 그리워할 수 있다고 생각합니다. 알록달록한 녹색의 떡볶이 그릇 같은 것을 한두 번 보았더라도 유년 전체를 관통하는 이미지로 연결시킬 수 있죠. 잃어버린 것들을 쉬지 않고 탐색하는 이들은 사실은 뭘 잃었는지도 모르는 이들입니다. 망각의 검은 협곡은 역삼각형으로, 쐐기처럼 선 위에 존재합니다. 어떤 요소는 과거에 정말로 존재했던 것들이고, 어떤 요소는 상상의 산물에 가까워 혼란스러워요. 어그러진 타임 리프 영화는 언제 끝이 날까요? K감성이라 해야 할지, 뽕끼라 해야 할지 모를 요소들은 가짜와 진짜가 마구 섞여들어 분리할 수 없지요. 할머니의 자개장과 꽃무늬 상과 이제는 단종된 브랜드의 상표들…… 우리가 지긋지긋해하며 동시에 사랑하는 온갖 것들에 대한 재발견이 우리를 웃게 하고 또 냉소하게 합니다. 온도가 다른 웃음들에 대해 고찰합니다.

우리 세대가 원하는 것은 무엇보다 갑옷일지도 모르겠습니다. 머릿속의 갑옷은 유럽의 것이기도 하고 한국 것이기도 하고 고증이 엉망인 게임 속의 것이기도 해서 디자인이 뒤죽박죽이지만, 어차피 개념으로서의 갑옷을 원하는 것이라 상관없습니다. 나와 세계 사이에서, 이를테면 폭언을 완벽하게 튕겨내는 갑옷이면 좋겠습니다. 우리는 착취에 착취에 착취를 당하는 세대에 속하고, 그중에서도 디자이너들은 언제나 을의 자리에 내팽개쳐지니까요. 최종 구현자라는 것. 모두의 아이디어를 몇 단계에 걸쳐 전달받아 실행하는 사람이라는 것. 좋아야 할 것 같은데 좋지 않을 때가 더 많습니다. 언제 마지막으로 갑이었는지 기억나지 않아요. 갑이라는 말 자체가 식상하게 바래버렸지만요.

"이 계에서 나는 계속 지워지는 것 같아. 이 이상 아무것도 없을 것 같아."

언젠가 친구가 말한 적 있어요. 계라는 건 어디에 존재하는 걸까요? 물리적 공간 위에 복잡하고 반투명하게 엉클어져서 그려지는 어떤 것이겠지요. 그래픽 작업물은 현실세계의 거리를 훌쩍 뛰어넘어 퍼지곤 하기에 계를 그리는 것은 쉬운 일이 아닙니다. 포스터는, 배너는 수초 만에 전 세계로 질주하고 디자이너들은 몇 년씩 사는 곳을 바꾸어 이주하지요. 먼 곳의 사람들과 직접 만나지 않고 일하는 경우도 요즘에는 잦습니다. 그러나 처음을 생각할 때, 처음 이 계에 발을 들이던 때 저를 가로막고 밀어내던 힘이 분명 있었어요. 보이지 않지만 완고한 벽들과 여전히 종종 부딪히고요. 계와 계 사이의 구분은 단단하거나 단단하지 않게 존재하고, 소개되고 연결되고 만나면서 생성되는 것들, 닫혀 있다가 열리는 문들은 확실히 있어요. 모란과 게처럼 함께 존재하면서 따로인 것, 일치하는 듯 뉘앙스가 다른 것, 세트이지만 세트가 아닐 때도 있는 것. 계는 지도에 존재하고 웹에 존재하며 인맥의 허브에 존재하기도 합니다. 희미한 동시에 뚜렷하고 아무도 완벽히 설명할 수 없는 방식으로 작동합니다. 우리가 볼 수 없는 상자 안에서 방향을 바꾸며 충돌하는 작은 입자라고 하면, 상자의 정확한 형태를 영영 인식할 수 없는 걸까요?

의도와 인격이 없지만 마치 있는 것처럼 움직이는 계가 우리를 지우려고 한다면 그것에 저항해야 할 것 같습니다. 우리가 한 모험의 기록을 낱낱이 남기는 것도 하나의 방도일 겁니다. 결국 첫 번째로 오는 최상의 상태를 직접 설정하고 싶어서, 가고 싶은 방향의 끝에 가보고 싶어서 이 개인전을 준비하게 된 것이 아닌가 해요. 스스로를 위한 선을 긋고, 갑옷을 입은 채 그 선 위를 걷기로 합니다. 내년이면 2020년, 과거의 미래가 와버렸고 이 시대에 걸맞은 갑옷이란 또 다른 자아에 가까운 형태일지도요. 조금은 덜 겸손해져도 되지 않을까요? 이것은 존재하지 않았던 사람의 지워지지 않으려는 노력이니까요. 아이러니와 유머 속에서 발열하듯, 발광하듯 웃어봅니다. 당신이 찌푸리고 있는지, 화내고 있는지, 아니면 함께 웃는지…… 알지 못한 채로 은색 구 저 너머로 미끄러집니다.

최근 그래픽 디자인 열기Open Recent Graphic Design 2019
〈모란과 게−심우윤 개인전〉
2019년 8월

심우윤 개인전이라 쓰여 있지만 심우윤은 존재하지 않는다.
전시를 위해 구성한 인물이다. 그래픽 디자이너 분들이 모여 만든
ORGD에서 2019년의 테마를 준비하며 연락을 해오셨을 때
아주 도발적인 제안을 주셔서 신선했는데, 현대를 살아가는
그래픽 디자이너의 다양한 측면을 다루기 위해 가상의 디자이너를
설정해 그의 개인전 형태로 전시를 여는 것이 목표라는 것이었다.
캐릭터를 상상한 다음 그 캐릭터를 실제 공간으로 불러올 수 있는
매력적인 기회여서 거부할 수 없었다. 기획자님들과 캐릭터의
이름을, 성장 배경을(추적할 수 없게 해외에서 자랐다고 해두기로 했다),
SNS 계정을, 경력의 연표를, 그 인물이 선택할 만한 전시 테마를
정해 채워나갔다. 이름이 우윤인 것은 《시선으로부터,》와
집필 기간이 겹쳐서였는데 성은 다르다.
전시를 준비하는 내내 여러 팀의 디자이너 분들과
활발한 상호작용 속에 놓일 수 있어 흥미로웠다.
관련된 기록들은 전시명을 검색하시거나,
orgd.org 에 방문하시면 보실 수 있다.

스위치

　방금 옆 테이블 사람이 불쾌한 얼굴을 한 것 같다고, 아라는 생각했다. 얼른 말하던 목소리를 줄였다. 어릴 때 열이 높게 오른 이후로 청력이 약해져, 가끔 주변의 소음과 자신의 목소리 크기를 잘 가늠하지 못했다. 조용한 곳에서 지나치게 크게 말하거나 시끄러운 곳에서 지나치게 작게 말할 때가 많았다. 말하다가 옆 테이블 사람을 살피며 조정하는 일은 번거로웠다. 혹 방해가 되지 않는지, 눈치 없게 굴고 있지는 않은지 움츠러든 채 두리번거렸다. 날카로워진 표정을 발견하면 상처를 받지만 일일이 설명할 수는 없는 일이었다. 말풍선을 공지사

항처럼 머리 옆에 띄우고 싶었다. 실은 이러저러한 사정이 있고 미안합니다, 실례했습니다……. 그럴 수 없기에 세상은 오해로 가득했다. 아라만 오해받는 건 아니었다. 얼마 전에 간단한 수술을 받아 척추 마취 후유증이 남아 있던 친구는 길을 걷다 종종 벤치에 길게 누워야 했는데, 지나가던 사람들이 혀를 찼다. 대낮에 취해 누워 있는 거라고 즉시 판단해버렸던 것이다. 아라는 친구를 대신 변명해주고 싶었고 자기 일일 때보다도 화가 났지만 그 마음은 또 지나갔다.

귀를 잘 관리해서 오래 써봅시다, 의사 선생님은 매번 말했다. 그래서 아라는 이어폰을 거의 사용하지 않고, 커다란 스피커가 있는 콘서트장에도 가지 않는다. 노래방에 다 같이 가는 유행이 끝나고 각자 가고 싶은 사람만 코인노래방에 가는 분위기가 되어서 기뻤다. 노래방 따위에 귀를 낭비할 생각은 없었다. 아라는 음악을 사랑했고 좋아하는 아티스트들도 많았는데 언제나 조용한 방에서 혼자 들었다.

할머니가 되어도 음악을 듣고 싶으니 신중하게 행동했다. 가늘고 길게 살아야지, 스물넷치고는 조금 박력 없는 인생관일지 몰라도 자주 다짐하면서. 콘서트장에 가지 못하는 건 허리 디스크가 있는 친구, 폐소 공포증이 있는 친구도 마찬가지였다. 누구나 건강하고 진취적인 젊음으로, 광고에 나오는 것처럼 항상 희열에 차서 사는 건 아니었다. 아라는 그 점을 이해하고 있었다.

그렇지만 역시 말하는 건 좀 잘하고 싶다고 생각하는 요즘이었다. 나이가 나이다 보니 면접을 봐야 했다. 질문들을 한 번에 알아듣고, 자신감 있고 적절한 태도로 대답하고 싶었다. 오래 굳은 주저하는 목소리를 바꾸고 싶었다. 일단은 작게 말해보고 그다음에 크게 말하는 습관을 고치기 위해 스터디에도 들었고 좋아하는 성우 선생님이 하는 수업도 등록했다. 말하는 습관을 바꾸는 건 글씨체를 바꾸는 것만큼이나 쉽지 않은 일이었다. 변하는 것 같다가도 제자리로 돌아갔다. 교환학생 선발에 떨어졌을 때의 악몽이 떠올랐다. 아라의 영어 실력은 나쁘지 않았지만 한국어를 말하는 것과 같은 방식으로 영어를 했으므로 실력보다 훨씬 못해 보였던 것이다. 한국어를 기운 없게 하는 사람이 영어라고 다른 인격을 가진 것처럼 활발하게 하기는 불가능했다. 그때는 정말 낙담했었다.

아라의 스터디에는 말을 무척이나 유려하게, 매력적으로 하는 팀원이 있었다. 뭐가 더 필요해서 스터디에 든 걸까, 의문스러울 정도였다. 한빛은 대화의 방향 전환을 축구선수가 드리블을 하거나 F1 선수가 코너를 돌듯이 해냈고, 축 처져 있는 사람을 발견하면 웃게 만들었고, 그룹 구성원들 사이의 점착력을 높였다. 그러면서도 공사를 잘 구분하고 성실해서 아라는 한빛을 볼 때마다 꼬인 마음 없이 그저 친해지고 싶어졌다. 이름에 빛이 들어가는 게 그토록 어울리는 사람은 또 없을 거라고 생각했다.

어느 날, 다른 사람들보다 아라와 한빛이 스터디 장소에 일찍 도착한 날이었다. 아라는 늘 물어보고 싶었던 걸 물어보기로 마음먹었다.

"한빛 씨는 이제 준비되지 않았어요? 스터디에서 더 얻을 게 없는데 의리 때문에 있는 걸까 봐……."

"네에? 완전 아닌데?"

한빛은 아라의 질문에 진심으로 놀라는 것 같았다.

"제가 가고 싶은 업계는요, 사람을 정말 적게 뽑아요. 좋은 집안에서 태어나 명문대 나와서 해외 경험도 있는 외모 출중한 남자 정도만 한 해에 몇 명 뽑을 거예요. 그런데도 가고 싶어서 해보는 거죠. 아마 안 되겠지만, 부딪혀는 봐야 직성이 풀릴 것 같아서요. 벽이 높고, 준비는 전혀 안 됐어요."

아라는 마음에 둔 업계 같은 것도 없이, 그저 데려가주는 데에 가려고 마음먹은 차여서 어쩐지 부끄러웠다.

"한빛 씨는 방 하나 정도는 활기로 꽉 채우는 사람이니까, 어디에서든 그 능력을 잘 쓸 수 있을 거예요. 놓치는 쪽이 어리석은 거죠. 저는 정말 한빛 씨처럼 말할 수 있으면 좋겠어요. 해도 해도 안 느네요."

"저는 언니처럼 말하고 싶은데."

"네에? 왜요?"

이번에는 아라가 놀랐다. 내용에도 놀라고 한빛이 언니라고 부른 것에도 놀랐다. 모두 이름 뒤에 씨를 붙여 부르기로 약속해놓고, 둘만 있자 친근하게 불러왔던 것이다. 하긴 아라도 언니라는 말을 좋아하긴 했다.

"저는 사실 불안해서 말의 여백을 못 견디는 거예요. 사람들이 말을 하지 않고 어색한 시간이 이어지면 초조해하고 못 견디는 이상한 강박이 있어요. 그래서 집에 가면 늘 후회해요. 말을 너무 많이 했다, 혹 웃기려다가 무신경하진 않았나, 다른 사람이 말할 차례를 빼앗진 않았나."

"안 그래요."

"언니는 진짜 중요한 말만 적절하게 하잖아요. 물론 그게 면접에서 유리하지는 않을지 몰라도, 몇 겹의 필터를 우아하게 빠져나오는 말들 쪽이 좋아요.

전 전혀 못하겠지만."

망설이며 말할 뿐인데 그렇게 보였구나. 아라는 한빛의 말을 잠시 곱씹었다.

"친한 친구들은, 저를 오래 봐온 친구들은 그래서 늘 말해요. 제가 사람이 많은 자리에서 지나치게 하이퍼 상태가 되면 소곤소곤, 한빛아, 괜찮아, 스위치 꺼, 그렇게까지 노력하지 않아도 돼……."

"좋은 친구들이네요. 하지만 저는 한빛 씨의 그 스위치가 매력 스위치라고 생각해요. 나한테도 하나 있으면 좋겠어요. 껐다 켰다 하게."

공간을, 시간을, 사람들을 장악하는 능력을 껐다 켰다 하는 스위치를 두 사람은 잠깐 떠올렸다. 서로의 머릿속을 들여다볼 수는 없었지만 둘 다 아래위로 딸깍딸깍 작동하는 비슷한 디자인의 크롬 스위치를 그리고 있었다. 매끄럽고 견고하고 만듦새가 좋아서 수십 년을 써도 고장 나지 않을 것 같은 스위치였다.

"그럼 언니 줄게요."

한빛이 장난스럽게, 목 뒤에서 스위치를 떼어내 내미는 동작을 했다. 경쾌한 혀로 무언가 부속이 분리되는 소리도 흉내 내면서. 아라는 크게 웃고 말았다.

"목 뒤에, 목 뒤에 달렸던 거야?"

"어쩐지 목 뒤일 것 같지 않아요?"

아라도 어이없는 한빛의 마임을 받아주며, 비어 있는 손의 보이지 않는 스위치를 건네받아 목 뒤에 다는 척을 했다. 한빛이 또 부속이 철컥 들어가는 소리를 내주었다.

"나한테는 받고 싶은 거 없어요?"

"그럼 아까 말했던 것처럼 여과 필터?"

여과 필터는 어디에 달렸으려나? 아라는 대충 명치에서 필터 꺼내는 흉내를 냈다. 에어컨의 작은 필터를 꺼내듯이 꺼내 먼지 터는 시늉을 하고 건넸다. 한빛이 좋아라 하며 맞장구를 쳐주었다.

"아싸아. 좋은 물물교환이었네요."

그때 다른 스터디 원들이 도착했으므로, 그 예상치 못했던 대화는 거기서 멈추었다. 한빛이 마지막으로 찡긋해 보이곤 음료수를 가지러 갔다.

아라는 그런 한빛을 보며 마음과는 별개로 아마도 친구로 남지 못할 거라고 달고 슬프게 생각했다. 지금껏 스터디가 끝나고도 개인적으로 가까워진 경우는 거의 없었고, 솔직히 한빛에겐 친구가 차고 넘칠 테니까. 우리는 세상으로 흩어져 나가겠지. 그래도 방금 전의 교환에 대해 나는 자주 떠올릴 것 같아, 아라는 미소 지었다.

말할 차례가 되었고, 선물 받은 스위치를 올렸다.

잠정 연기된 음악 프로젝트
2019년

음악 관련 프로젝트의 모티프 소설로 2019년에 쓴 소설이다.

그런데 2022년인 지금까지도 프로젝트가 재개되지 못했고,

아무래도 무산된 것 같다. 완성되었으면 근사했을 듯한 프로젝트라

아쉬움이 남고, 이렇게라도 마주침에 대한 짧은 이야기가

빛을 보면 좋을 것 같아 수록한다.

채집 기간

　보조 채집가가 수석 채집가를 향해 고개를 돌렸다.

　"너무 작은데요?"

　보조 채집가의 손톱 위에서 작은 털 뭉치가 움직였다. 별로 겁을 먹은 것 같지는 않았다. 겁을 먹을 만큼 지능이 높은 생물은 아니거나 근처에 포식자가 없는 모양이었다.

　"대기 조성이 비슷하면서 산소 농도가 높고 중력은 좀 낮은 데에 데려가면 몇 세대 만에 커질 겁니다."

　수석 채집가의 말에 보조 채집가가 고개를 끄덕

였다.

"기본적으로는 멸망한 행성의 생명들이 완전히 멸종하기 전에 표본을 보호하는 거라지만, 수수한 종보다는 영리하고 호감 가는 종을 데려다가 보여줄수록 반응이 좋은 건 어쩔 수 없는 일인 것 같아요."

"채집 탐사에는 비용이 많이 드니까 늘 반대하는 이들이 나타나고 설득도 필요하죠. 어때요? 이번이 몇 번째라고 했죠?"

"네 번째입니다. 이번처럼 멀리 나온 건 처음이에요. 게다가……."

보조 채집가가 감탄의 표정으로 주변을 둘러보았다.

"이렇게까지 문명의 흔적이 잘 보존된 곳은 본 적 없어요. 도시가 그대로 남아 있네요. 주인들이 그냥 떠난 것처럼."

수석 채집가도 고개를 끄덕였다.

"폭력 사태 때문에 망한 게 아니니까요. 허락된 채집 기간을 꽉 채워 있다가 가기로 해요. 아직 볼 만한 것들이 많이 남아 있네요."

"바이러스라고 했던가요?"

"네, 바이러스로 사회가 무너졌고 사회가 무너
져서 기반 시설 관리가 안 되어버렸죠. 지금 이 순
간에도 위험 폐기물들이 지하에서 줄줄 새고 있어
요……."

"그런 것치고 생존 종이 적지 않은 것처럼 보여요."

"종 다양성이 굉장했던 곳이라 들었는데 최대한
한번 모아봅시다."

수석 채집가가 말을 끝마치는가 싶더니, 날카로
운 감각을 자랑하며 움직이는 것을 향해 그물망을
쏘았다. 아까 것보다 조금 더 큰 털 짐승이 걸려들었
다. 사나운 소리를 냈기 때문에 두 채집가가 물러섰
다. 손바닥만 한 동물은 꼬리가 길고 얼룩덜룩했다.

"조심해야 해요. 얼마 전에 다른 팀이 크게 당했
잖아요."

"물렸나요? 많이 다쳤어요?"

"다친 것보다는 슈트에 구멍이 난 게 문제였죠.

신속히 발포경화제로 처리해서 위험해지진 않았지만 팀 전원이 당하는 바람에 여분의 슈트가 없었대요. 조기 철수를 해야만 했고 재방문이 필요해졌고 그러면서 예산이⋯⋯."

"언제나 예산이 문제죠. 모든 문제가 예산으로 귀결되어버리는 게 지겹습니다."

"이번 채집에 슈트가 여섯 벌이나 공급된 것도 그래서예요. 어떻게든 끝마치고 돌아오라는 거죠."

"여분이 있어도 주의해야겠네요. 근데 저 커다란 건 뭔가요? 종교 시설?"

보조 채집가가 그물망의 생물을 조심스레 동결 케이스에 넣고, 허리를 펴 멀리 떨어진 곳을 가리켰다.

"아, 종교 상징처럼 보이지만, 저건 전기 수송 장치입니다. 양쪽 끝에 있던 전선들이 사라져서 그렇게 보이는 거예요."

"철로 만들어두고 숭배한 줄 알았어요."

"이것저것을 숭배하긴 했죠. 그쪽에 관심이 있나요?"

"이것저것에 관심이 있어요."

"주로 그런 축들이 채집가가 되죠."

"이렇게 건축에 뛰어났던 이들이 완전히 망해버렸단 게 믿어지지 않아요. 당장 이주해 와도 그대로 쓸 수 있을 만한 것들을 지어놓고……."

"그렇지만 미묘하게 사이즈가 안 맞잖아요. 아까 계단에서 계속 발이 꼬여서 불편했어요."

"살면 살수록 관절 건강이 매우 중요한 것 같습니다."

두 채집가는 셔틀로 철수한 후, 각자의 포드에 들어가 한동안 휴식을 취했다.

"누가 선외를 긁어놨네."

수석 채집가가 당황한 채 선체의 파괴된 부분을 확인했다.

"문제가 생길 만큼 부서진 건가요?"

"아뇨, 그렇진 않아요. 금방 수리할 수 있고 안 되면 궤도에서 셔틀을 하나 더 내리면 되니까…… 하지만 금속 도구를 쓰고, 우리를 추적할 수 있을 만한 수준의 집단이 아직 생존해 있다는 것이니 신경 쓰이네요. 일단 위치를 옮길까요?"

"과거의 지성체들이죠? 리스트에 있으니 확보해야 하지 않을까요?"

"해야죠. 하지만 덜 공격적이고 고립된 개체를 찾기로 합시다."

그 말에 보조 채집가는 바로 수긍했다. 수석 채집가는 보조 채집가의 의욕을 좋게 평가했지만 굳이 위험에 노출될 필요는 없다고 판단했다.

"어떤 요소가 문명을 완전히 끝장내는 걸까요? 오만? 특정 종 중심주의? 폭력성? 과잉 번식? 공통 요소가 뭔지 늘 궁금했어요."

"글쎄요."

"수석 채집가가 되면 알 수 있을 줄 알았는데요."

"망하는 이유는 천만 가지인 것 같아요. 망하지 않은 문명들의 공통점이라면 알 것 같지만요."

"뭔데요?"

보조 채집가가 드디어 경험자의 지혜를 한 조각 얻는 건가 싶어 기뻐하며 다가섰다.

"운과…… 우주를 견딜 수 있는 몸."

"아."

"한 행성 안에서는 한계가 있죠. 자기 오물에 숨막혀 죽어버릴 수밖에. 보기 드물게 조화와 균형을 도모하고, 쓰레기에 질식하지 않는 문명을 이룩해놓아도 항성에 문제가 생기거나 소행성이 충돌해오면 답이 없고요……. 그렇다면 밖으로 나와야 하는데 갈 수 있는 곳이 가까운지 먼지는 순전히 운이고. 혹독한 우주와 긴 여행 시간을 견딜 수 있는 몸이냐 아니냐가 결국 모든 걸 판가름하게 되는 듯해요."

"유령선을 만났을 때 정말 안타까웠어요."

두 채집가는 이 행성에 오는 길에 유령선을 발견했다. 탈출에는 성공했지만 멀리 가지 못했던 이들의 잔해로 가득했다. 생명 보조 장치가 고장이 났는지 선상 분쟁이 있었던 건지 문제가 복합적이었는지 몰라도 생존자는 없었다. 돌아가는 길에 연구용으로 인양하려고 조치를 취해두고 온 참이었다.

"출신 문명은 몇 개의 행성에서 번성하나요?"

"네 곳에서요."

"저도 비슷합니다. 여섯 곳이죠."

"망할 것 같은 곳이 망하지 않고, 괜찮을 줄 알았던 곳이 망하고 그랬습니다."

"다행히 서로 그리 멀지 않았죠."

"운이네요."

두 채집가는 빛바래가는 쓰레기 더미들을 지나치며 운에 대해 곱씹었다.

"가장 보편적인 종 위주로, 보완 기준들을 적용하여 채집하잖아요. 그렇게 해서 누락되는 종이 아까울 때 없으세요?"

"아, 그럼요. 원래대로라면 이 행성에서 모듈형 생물들만 잔뜩 채집해 가야 하겠지만……."

수석 채집가가 보조 채집가에게 모듈형 생물 일

부분을 꺾어 보여주었다.

"사실 이 행성을 지배하는 건 이쪽이겠네요."

보조 채집가가 감탄했다.

"이 부분만 다시 배양해도 자랍니다. 목적지에 도착할 때까지 유실분이 적었으면 합니다."

"분화가 많이 된 바람에 누락 종이 어마어마하죠?"

"아쉬워요, 정말이지. 이번에 반응이 좋아서 재채집 승인이 나면 좋겠습니다."

모듈형 생물들을 기온대별 고도별로 채집하고, 수중 생물들은 채집 포인트 부근을 통째로 탱크에 담았다. 탱크들이 동시에 물을 박차고 공중으로 떠오르는 모습은 꽤 볼 만한 광경이었다. 채집된 종들이 자동 인식되었으므로 리스트의 빈 칸들만 보충하면 되었다.

다양한 기후대를 옮겨 다니다가, 열대 지방에서 태풍에 휘말리고 말았다. 궤도에 머물고 있는 본 채집선과 달리 셔틀은 가벼운 소재이기 때문에 속절없이 당해버렸다.

"저기 언덕을 올라가고 있는 게 저희 셔틀인가요, 설마?"

"데굴데굴 잘도 올라가네요."

강풍이 둥근 셔틀을 굴려, 언덕을 내려가는 것도 아니고 올라가고 있었다. 두 채집가는 일단 태풍을 피하기로 했다. 지형 스캐너를 통해 가까운 곳의 동굴을 발견하고 이용하기로 했는데, 입구에 조금 신경 쓰이는 표식이 있었다.

"이건 아무래도 숫자일까요?"

"그런 것 같습니다."

"동굴 안에 위험한 게 있으면 어쩌죠?"

"이 행성은 이상 기후가 수백 년 동안 계속되고 있으니, 지적 생명체라면 파괴적인 태풍이 끊임없이 덮치는 지역을 버리고 한대로 올라갔을 겁니다. 아마 쓰지 않는 동굴일 거예요."

그 생각이 틀렸음이 곧 밝혀졌다. 채집가들은 어

둠 속에서도 잘 볼 수 있기 때문에 비가 들이치지 않는 깊이까지 들어가 다리를 쉬게 하고 있었는데, 무심한 발걸음으로 들어오던 원주민이 그대로 보조 채집가의 다리에 걸려 어마어마한 소리를 내며 구르고 말았다. 원주민은 긴 창을 들고 있었고, 넘어지면서 놓친 창을 주워들어 보조 채집가를 찌르려고 했지만 수석 채집가가 먼저 원거리 전기 무기로 기절시킬 수 있었다.

"와."

보조 채집가가 우스운 방어 자세로 수석 채집가를 바라보았다.

"죽는 줄 알았어요."

"저 정도의 원시 무기에 당하진 말아야죠."

"저쪽은 죽었나요?"

수석 채집가가 다가가 원주민의 생체 징후를 살폈다.

"기절했을 뿐입니다."

"드디어 첫 채집이군요."

"기왕 이렇게 된 것, 여러 지역에서 다양한 샘플을 확보합시다."

"유전적으로 많이 다른가요?"

"아뇨, 피부색 정도. 하나의 종입니다."

보조 채집가는 동결 적재된 지적 생명체들에게 마음을 빼앗긴 것 같았다. 할 일이 많이 남아 있는데도 눈을 떼지 못하고 들여다보았다.

"마음에 듭니까?"

수석 채집가가 다가서며 물었다.

"아뇨…… 가까이 보니 털의 분포가 너무 이상하네요. 어떻게 저런 분포가?"

보조 채집가가 사전에 수집된 정보들을 뒤적거리며 혼란스러워했다.

"털이 있으려면 다 있고, 없으려면 다 없어야 하지 않나요? 왜 저런 애매한 분포죠?"

"글쎄요."

"저래서는 호감을 얻기 어렵겠어요. 다들 징그러

위할 거예요."

"어디가 특히 징그럽나요?"

수석 채집가는 웬만한 이질성에는 둔해진 듯, 잘 모르겠다는 표정으로 보조 채집가에게 물었다. 보조 채집가가 정확한 명칭을 찾아 서류를 훑었다.

"눈썹."

"아, 눈썹."

"말할 수 없이 징그럽네요. 대체 저 부분만 털이 남은 이유가 뭘까요? 얼굴 한가운데 저렇게 털이 두 줄로 남다니. 이상해. 말도 안 돼."

"음, 그러고 보니 아주 기이해 보이네요. 실용적인 목적이었을 것 같지만요."

"실용적이려면 털이 전체적으로 있어야죠. 으으, 맨살이 드러났다 다시 털이라니요."

채집선은 이제 지구 궤도를 떠나, 돌아가는 길에 올랐다. 오랜만에 편안한 복장이 된 수석 채집가는 네 개의 손과 쉰두 개의 손가락을 길게 늘여 스트레칭했다. 보조 채집가도 여덟 개의 다리를 옥죄고 있던 버클들을 느슨하게 풀었다.

"고작 두 다리로 걸었다니, 얼마나 척추에 안 좋았겠어요?"

"더 일찍 망하지 않은 게 놀랍네요."

수석 채집가도 동의했다.

"손톱만 했던 동물은 쥐…… 손바닥만 했던 동물은 고양이……. 정말 사나운 소리를 냈죠. 털의 분포는 마음에 들지만 말이에요."

보조 채집가가 이름을 외우려고 노력하는 모습에 수석 채집가는 흐뭇해했다. 저 열정을 계속 잃지 말아야 할 텐데, 생각하면서.

'SF 스타일'
《보스토크》 16호, 2019년 7월

사진 잡지 《보스토크》의 SF 특집이었다. 함께 실린 최다함 작가의 도시 사진을 미리 감상한 후 썼다. 특히 거대한 전신주와 비어 있는 교각 사진이 인상적이어서 영향을 받았다. 그리고 인간의 눈썹이 얼마나 이상한지에 대해 늘 쓰고 싶었기 때문에 쓴 이야기이기도 하다. 평소에 눈썹에 대해 무척 이질감을 느끼곤 했다. 눈썹의 기능만 생각한다면 그냥 눈 위까지 이마가 전부 털인 게 훨씬 효율적이지 않나? 동물은 보통 눈썹이 없고 다 털인데 인간은 기이하게도 이마를 굳이 비우는 쪽으로 진화했다. 왜 〈모나리자〉가 눈썹이 없는지 알 것 같다. 다빈치도 눈썹을 받아들이지 못한 것이다. 물론 의사 소통의 원활함을 위해 이렇게 된 것이겠지만, 그래도 중간에 털이 끊겨 있다는 점이 너무 이상하다. 떠올리지 않고 있다가도 또 가끔 보면 으악, 이상하다, 싶어서 '꼭 이야기로 써야지' 마음먹었었다. 외계인도 분명 이해하지 못할 거라고. 우리가 우리를 우리 바깥에서 볼 수 있다면 어떨지에 관심이 있다. 이 소설을 읽고 거울 속의 눈썹이 가끔 부자연스럽게 느껴진다고 토로해오신 독자분들이 계셨다. 이질감을 옮긴 것 같아 약간 죄송했다.

난기류

가족 여행을 갔다가 돌아오는 비행기에서 어마어마한 난기류를 만난 적이 있다. 태풍 한가운데라 다른 비행기는 다 취소되었는데 잠시 잠잠할 때에 무리해서 날아오른 비행기였다. 그날 하루 종일 유일하게 이륙한 것이었고, 착륙할 때쯤엔 굳이 그럴 필요가 있었나 싶었다. 한 시간이 좀 넘는 비행이 내내 롤러코스터를 탄 것 같았기 때문이다. 좌석에서 엉덩이가 뜨려고 해서 안전벨트를 꽉 조일 정도였고, 아이들은 물론 어른들도 울었다. 착륙 후 기장의 방송이 나올 때 어째선지 다들 박수를 쳤다.

문제는 그다음이었다. 두 달 내내 비행기가 추락

하는 꿈을 꿨다. 땅에 추락할 때도 있었고 바다에 추락할 때도 있었다. 한 번 타본 적 없는 탈출용 미끄럼틀을 타고 내려가 깊은 물에 빠져 허우적거렸다. 실제로 추락한다면 아마 충격으로 그대로 죽을 텐데, 꿈에서는 그렇지 않았다. 매일 그런 꿈을 꾸다 보니 자고 일어나도 피곤했다.

피곤에 겨운 채로 연말의 동창 모임에 나갔다. 다들 돌아가며 해도 그만 하지 않아도 그만인 이야기들을 늘어놓았다. 부모님이 주말농장을 시작하셔서 채소를 얻어 먹는데 상추는 쓰고 무는 퍼석하고 가지는 씨앗만 가득해서 전문 농업인들을 더욱 존경하게 되었다고 했고, 회사에 버젓이 있는 복지 혜택을 이용할 때마다 생색을 내는 직장 상사 흉을 보며 진저리를 쳤고, 학생들을 때리던 교사가 교장이 되었다며 욕을 했다. 내 차례에 뭐라도 이야기해야 할 것 같아서 악몽에 대해 가벼운 푸념을 꺼내보았다.

"난기류 정도로 비행기는 떨어지지 않아."

항공 승무원인 친구가 웃었다. 그 자리에 승무원 한

사람과 정비사 한 사람이 있다는 걸 새삼 깨달았다.

"내가 아주 철저하게 정비하니까, 믿고 타도 돼."

정비사 친구의 그 말은 꼭 부적 같았다. 이후 몇 년 동안, 비행기를 탈 때마다 동창들을 떠올렸다. 내 친구가 들여다보는 비행기는 안전해, 게다가 비행기를 타는 게 직업인 친구도 있는데 가벼운 난기류에 두려워하는 것은 부끄러운 엄살이야……. 두려움도 사적인 것이니 우정을 용해제 삼아 녹여도 될 것 같았다. 어떤 안정제보다 지속적인 효능이 있어서 이제는 문제없다고 여겼다.

그러고 코로나19가 왔다. 화상 회의로 그럭저럭 일할 수 있는 분야도 있었지만 현장에 가지 않고는 일이 잘 진행되지 않는 분야도 많았다. 위험과 2주 격리를 각오하고 해외 출장을 결정하기도 하고 프로젝트 전체가 보류되기도 했다. 손해와 난항에 대한 토로가 동창들과의 단체 메신저에 이어졌는데, 항공 분야의 친구들이 차례로 무급 휴직과 해고를 겪게 되자 다들 할 말이 없어 조용해졌다. 비행기를 타는 게 무서웠던 것이 비행의 원리를 믿지 못해서가 아니라 사회의 비정함에 대한 불신 때문이었다는 걸 그런 식으로 곱씹게 되었다. 아기 사진, 강아지와 고양이 사진이 조금 올라오다가 그마저도 끊겼다.

지병이 있는 부모님과 만나는 것을 피하다가, 확진자 수가 줄고 방역 단계가 잠깐 내려갔을 때 본가를 찾았다. 대형 서점에서 승무원 친구를 마주쳤을 때 놀라지 않았다. 친구의 본가도 한 동네에서 20년을 머물렀으니 대단한 우연은 아니었다. 친구는 넘겨보던 책을 슬쩍 보여주며 머쓱하게 웃었다. 미래 전망과 유망 직종에 대한 책이었다.

"막막해 죽겠어. 그렇지만 주변에 더 아슬아슬한 사람이 많아서……."

항공업계 종사자들에게 무슨 일이 일어나고 있는지 뉴스로 봐온 것도 참혹했지만 친구는 더 많은 걸 목격했을 것이다.

"미리 공부 좀 해둘걸 그랬어. 미련하게 살았나 봐."

바로 옆 주식 책을 집어 든 채, 바닥을 쳤다가 다시 오른 항공사 주식 이야기를 하며 묘한 얼굴을 하던 친구는 정비사 친구의 소식도 전해주었다. 두 사람은 따로 자주 대화하는 모양이었다. 복직이 불투명해지자 이직에 유용하다는 자격증 시험 준비를 한다고 했다. 비행기를 고치던 사람은 뭐라도 할 수 있겠지만 세상이 굴러가는 방식이 고장 난 것 같아 한숨이 나왔고, 친구 앞에서 한숨을 쉬기 싫어 어금니로 눌렀다.

　"다음 모임에서 길게 만나."

　말하고 나서야 한동안 모임이 열리지 않을 것을 알았다.

　이 시기가 끝이 나긴 나는지, 끝나면 남을 것은 무엇인지, 그다음에 올 것은 무엇인지 가늠할 수 없어 진이 빠졌다. 다시 비행기가 예전처럼 날게 되어도 베테랑 정비사와 승무원은 교체된 후일 것이다. 난기류에 대한 악몽이 계속될지 전혀 다른 악몽을 꾸게 될지 알 수 없었고 알고 싶지도 않았다. 마스크 안에서 숨이 가빠졌다. 단단한 것들에는 녹이 슬고 거품으로 된 것들은 터질 때까지 부풀어 오를 텐데 모든 것이 무너질 때 우리는 어디에 있을까, 거품의 표면에 아는 얼굴들이 비친 것만 같았다.

〈문학〉
계간 《기본소득》 7호, 2021년 2월

난기류를 겪은 것과 정비사였던 친구가 자신을 믿고 타라고

말해주었던 부분은 실제 나의 경험이다.

이제는 난기류에 대한 꿈을 꾸지 않지만,

팬데믹에 대한 꿈은 몇 년쯤 더 꿀 것 같다.

일어나지 않은
인터뷰의 기록

인터뷰어와 인터뷰이는 전시장 입구에서 만났다. 입구는 좌표가 약간 뒤틀린 곳에 있어서 실제 공간과 이어지기도 하고 돌연 단절되기도 해 약속 장소로는 다소 난감한 곳이었다. 인터뷰어는 늦지 말아야겠다는 조바심에 서둘렀건만, 도착하고도 존재했다 하지 않았다 다시 존재하며 점멸하는 입구를 찾느라 헤매야 했다. 겨우 대가를 기다리게 하는 일을 피할 수 있었다.

"1961년에 당신은 어디에 있었나요?"

인터뷰이가 먼저 물었다.

"61년에 전 없었는데요."

"아, 그렇다면 정말로 적임자군요."

인터뷰어는 미묘하게 주도권을 빼앗겼다고 생각했다. 인터뷰이 쪽이 이쪽을 분석하게 둬서는 안 되겠다고 마음먹었고 그렇게 결심한 순간 곧장 간파당하고 말아, 두 사람 사이의 공기가 팽팽해졌다.

"이 전시의 형태는 당시 꽤 선호하던 것이라고 알고 있습니다. 기존의 개념에서 상당히 확장된 '악보'들과 그것을 따르는 실제 '연주'들요. 흐름에 대해 간단히 알려주실 수 있나요?"

"우리는 음악을 간 적 없는 곳까지 가보게 하고 싶었습니다. '악보'들이 쓰였고, 쓰인 것 중 어떤 곡은 거듭 연주되기도 했고, 지금 준비하고 있는 것처럼 한 번도 연주되지 않은 곡도 있지요. 흐름에 대해서는…… 설명할 사람이 따로 있을 것 같군요. 설명은 내 역할이 아닙니다. 간단히 요약할 수 있는 내용은 좀처럼 작품이 되지 않고, 해석은 메아리처럼 다중으로 울려야 의미가 있을 겁니다."

"그래도 새로움과 파격을 처음 접하게 된다면 설

명이……."

"새로움은 과대평가되었고 파격이라는 표현은
남발되고 있습니다. 나는 자석을 처음 만들었다고
주장하려는 게 아닙니다. 이건 자석을 오래 바라보
는 일에, 종이 아래로 움직여 철가루가 이리저리 눕
는 방향을 바꿔보는 놀이에 가까울지도 모르겠군
요. 아니면, 그걸 늘 쥐고 있던 손에서 쥐지 않았던
손으로 옮겨보는 것이지요. 초대받지 못했던 존재
들을 초대합니다. 술래를 바꾸어봅니다. 좁은 테두
리를 함께 온 방향으로 미는 겨루기를 시작합니다.
내가 쓴 '악보'는 사람들을 뛰어들게 하는 음악입니
다. 다이빙대 위에서 중력에 대한 강의를 듣기보다
는 점프하세요."

　인터뷰어는 인터뷰이의 말이 마음에 들어 바쁘
게 적었는데, 그 손을 바라보는 인터뷰이의 눈은 적
은 것을 빼앗아 찢고 싶어 하는 것만 같았다. 그러
고도 남을 상대였다. 외투 안쪽에 가위, 망치, 도끼
를 들고 다녔던 일화들을 전해 들은 적이 있었다.

근사하게 아름다운 것, 모두 경탄할 만한 것을 만든 다음 일말의 주저함도 없이 부수고 떨어뜨리고 깔아뭉갰다고도 했다. 인터뷰어는 인터뷰이로부터 일부러 한 발짝 물러났다.

"음악의 개념을 이렇게까지 멀리 밀어낼 때, 유쾌함보다 불쾌함이 더 주를 차지하는 효과가 일어나지 않나요?"

"어떤 불쾌한 것들은 아주 유쾌하게 느껴질 때가 있습니다. 그런 전환을 발견하는 행위는 능동 중에 능동일 것입니다."

인터뷰어가 능동이라고 메모한 다음 뒤에 느낌표를 붙였다. 인터뷰이가 앞서 걸어갔다. 인터뷰어와 인터뷰이가 첫 번째 방에 들어섰을 때, 수로 설치가 한창이었다. 물과 피아니시모의 방이었다. 감기 시럽 광고는 1960년대 독일의 것이 들어갈지, 2020년대 한국의 것이 들어갈지 궁금했다. 그것을 막 물어보려던 차에 호른, 플루트, 바순, 오보에, 클라리넷 케이스를 멘 사람들과 호루라기 백 개가 담긴 박스를 든 사람들이 전시장 밖으로 나갔다.

"전염병 때문이라고 들었습니다."

"호루라기가 이 사람의 입술에서 저 사람의 입술로 즐겁게 옮겨갈 수 있는 시절은 아니죠."

인터뷰어는 가까운 사람들과 같은 컵에 음료수를 마시던 밤들을 저도 모르게 떠올렸다. 그 음료수의 맛들도, 맞닿은 어깨의 체온도, 섞이던 숨결들도. 아무렇지 않았던 감각들이 얼마나 생경해졌는지 새삼 가늠하며 바닥을 내려다보았다. 방의 경계가 바뀌는 곳에서 조명의 빛도 바뀌는 중이었다.

"언젠가 디스토피아 소설의 배경이 되었던 해에 다다랐을 때, 죽고 없는 그 소설의 작가에게 최악의 상상은 실현되지 않았다고 선언하는 작품을 생중계한 적이 있었어요."

인터뷰이가 위로인지 아닌지 짐작하기 어려운 어조로 말을 건네었다.

"〈굿 모닝 미스터 오웰〉을 말씀하시는 거라면, 여전히 사람들은 그 작품에 대해 환호하고 있어요."

"1984년에는 어디에 있었습니까?"

"생중계 당시엔 여전히 태어나지 않았습니다."

인터뷰이가 웃었다.

"내가 태어나지 않은 당신들을 상상할 수 없었던 것처럼, 절망과 비관은 어긋날 가능성이 높습니다. 희망과 낙관이 어그러지는 만큼이나 공평한 확률로요. 미래는 가장 치밀한 계획과 그럴듯한 예상으로부터 우스꽝스러울 만큼 먼 형상을 하고 있을 거예요."

"마치 이 전시처럼요."

"그래요, 이 전시처럼요."

인터뷰어와 인터뷰이가 비슷한 진동수로 고개를 끄덕였을 때, 다시 한 무리의 사람들이 디지털 악기들을 들고 곁을 스쳐갔다. 두드림만으로 관악기를 흉내 낼 수 있을 기계들이 이번엔 안쪽을 향했다. 몇은 인터뷰이가 한창 활동하던 시대에 있었던 악기들이었고 또 몇은 최근에 등장한 것이었다. 인터뷰이의 눈에 즐거움이 스치는 것을 보았다. 그 악기들을 얼른 만져보고 싶어하는 열의가 느껴졌다. 언제나 음악이 시작점이었다. 그리고 시작점에서 뻗어나간 것들은, 한 번도 끝난 적이 없었다.

"상상할 수 있는 사건들과 상상 밖의 사건들이 여기서 함께 일어나겠네요. 최종적인 연주가 악보에서 지나치게 달라지면, 그래도 마음이 불편하지 않으시겠어요?"

"내가 그 불편의 감각을 얼마나 줄곧 선호해왔는지, 상상도 못 할 겁니다."

인터뷰이는 잠시 멈추더니 덧붙였다.

"나는 TV의 진공관들이 망가질 걸 알고 있었어요."

아, 하고 인터뷰어 쪽이 이해에 가닿았다. 그는 망가질 걸 알고 있었고 망가진 걸 고치고 싶어 할 후대의 사람들이 심각한 고민에 빠지게 되리란 것도 알고 있었을 것이다. 알면서도 심상한 캐치볼을 하듯 던져버렸다. 역시 심술궂은 매력이었다. 이끌려 따라갈 수밖에 없으면서도 속으로는 조금 투덜

176

거리게 만드는 종류의……. 인터뷰어는 인터뷰이가 원했을 장난스러운 경의를 항복하듯 바치기로 했다. 엄숙하지 않았던 어른에게 가벼운 반항 끝에 바치는 인사를.

"제목을, 설계를, 중요한 뼈대 전부를 바꿔버린 적도 많습니다. 나의 작업들은 항상 대화 위에 놓여 있었습니다."

활기차게 몸을 돌리며, 인터뷰이가 완성되어가고 있는 현장을 둘러보았다.

"이 모든 것은 처참하게 원래의 계획과 어긋날 겁니다. 그리하여 제 마음에 아주 쏙 들 겁니다."

인터뷰이가 웃었다. 인터뷰어도 웃을 수밖에 없었다. 두 사람은 더 깊숙이 발을 옮겼다. 방들은 악보의 개수와 일치하지 않을 것이고, 출구는 아직 형성되지 않은 채였다.

백남준 탄생 90주년 특별전
〈완벽한 최후의 1초-교향곡 2번〉
2022년 3월

백남준 아트센터의 요청으로 쓰게 된 소설이다.

거장에게 가벼운 인사를 할 수 있는 기회는 영예라고 생각했다.

전시는 백남준의 초기 텍스트 악보를 재해석했다.

악보라고는 하지만 음악의 개념을 아주 넓게 해석하고 있기에

설치와 퍼포먼스를 포함하는 계획서라고 봐야 할 것 같다.

백남준의 구상을 동시대 예술가 일곱 팀이 풍부한 해석으로 구현했다.

시각예술가, 피아니스트, 첼리스트, 사운드 디자이너, 가수, 배우,

작가, 연기자가 서로 만나는 협업이 이루어졌다.

작가 생전에 실현되지 않았던 기획을 2022년에 실현해내다니

근사한 일이 아닐 수 없다. 신이 나서 쓴 시공이 뒤틀린 인터뷰가

과하게 멀리 간 것이 아닐지 걱정하며 원고를 드렸는데,

아트센터 쪽에서 기뻐해주셔서 안심했다.

아라의 우산

아라는 스무 살 때, 3만 원짜리 우산을 산 적이 있다. 수입 우산 편집숍에 비스듬히 세워져 있던 우산이 너무나 완벽한 물건 같아 마음을 빼앗겼던 것이다. 몇 달을 고민하다가 결국 가서 샀다. 당시 한 달 생활비가 30만 원이었으므로 어이없는 소비였다. 펼치면 근사한 패턴에 후회스럽지 않았고, 살도 버튼도 17년 동안 튼튼해서 결과적으로는 괜찮은 소비가 되었지만 말이다. 아라는 그 우산을 들 때의 만족감 때문에 비를 기다리곤 했다. 빗속을 걸으며, 언젠가 경제적 여유를 가지게 된다면 이렇게 완벽한 물건들로 주변을 가득 채우리라 마음먹었던 기억이 있다.

그 여유를 얻는 데도 17년쯤이 걸렸다. 아라의 세대는 윗세대의 부를 나눠 받지 못하는 세대였기에 더디고 느렸다. 밀레니얼 세대의 앞부분에 속해, 30대 중반에야 살아남는 것 이상을 꿈꿀 수 있게 되었다. 뒷부분에 속한 사람들은 더 막막한 상황이 아닐지 가끔 걱정한다. 아름다운 것과 추한 것, 옳은 것과 옳지 않은 것에 대한 기준은 높고 자본은 없는 아라의 세대…… 운이 좋은 편인 아라지만 여전히 거의 소비하는 게 없다. 자리를 잡고 돈을 버는 동안 가치관이 바뀌어버렸기 때문이다. 일단은 가죽 제품을 살 수 없는 사람이 되어버렸다. 언젠가 근사한 캔버스 백을 사서 포장을 뜯다가 손잡이 부분이 인조 가죽이 아니라 송아지 가죽이라는 것을 알고 소스라친 후부터…… 손잡이 따위를 만들려고 어린 동물이 제대로 살아보지도 못했다니 기분이 찜찜했다. 애초에 캔버스 백을 사는 사람들이면 가죽을 선호하지 않는 쪽일 가능성이 높은데 대체 왜 이런 디자인을 했나 싶었고, 분명 사이트에 잘 쓰여 있었을 텐데 확인하지 않은 자신에게도 화가 났다. 그게 끝이었다. 아라가 구매한 마지막 가죽 제품이었다. 이후로는 원재료 표기를 꼼꼼하게 확인하는 습관이 생겼다. 종종 백화점의 쇼윈도 밖에서 중얼거리곤 한다.

"파인애플 가죽으로 만들어. 버섯 가죽이나…… 그게 아니면 안 사. 돈이 있어도 안 산다고."

패스트패션 브랜드에서 벗어날 수 있게 된 것은 행복했다. 패스트패션 브랜드가 외면을 받게 되어 규모를 줄이고 있다는 소식을 들으면 그렇게 속이 시원할 수가 없다. 아라의 멋진 세대가 그 일을 해내고 있다. 옷은 1년에 여섯 벌 정도 샀다. 소재가 좋고 평생 입을 수 있을 것 같은 옷들을. 만들어진 공정이 착취적이지 않을수록 가격은 만만치 않아졌지만 지불할 용의가 있었다. 아라가 가장 좋아하는 브랜드는 악성 재고를 해체하여 다시 조립하는 브랜드였다. 남성복과 여성복의 구분이 없는 유니

섹스 브랜드여서 입고 움직이기도 편했다.

외모에 대한 강박이 예전보다 덜해진 것도 소비를 줄이는 원인이었다. 미용실에는 1년에 두 번 정도 갔다. 층 없는 짧은 단발로 자른 다음 그 머리가 어깨에 닿을 쯤 다시 잘랐다. 나이에 비해 흰 머리가 많지만, 염색은 하지 않는다. 백발로 유명한 여성 장관 덕분이다. 여러 단계의 스킨케어 같은 것도 하지 않아 화장대 위가 텅 비었다. 위험 성분이 없는 모이스처라이저 하나만 바른다. 중요한 일이 있거나 자외선이 강한 날에는 혈색에 약간 도움이 되는 선크림을 바르고, 하나 남겨둔 립스틱을 바를 뿐이다. 아름다워 보이고 싶은 강박은 버렸는데 건강해 보이고 싶은 강박을 버리지 못한 것은 아라의 한계일지도 몰랐다. 평소에는 선크림 대신 돌돌 말면 가방에 넣을 수 있는 모자를 가지고 다닌다.

아라도, 아라의 친구들도 작은 집에 살고 있어서 물건을 살 때는 오래 망설이고 경험을 살 때는 상대적으로 망설이지 않는다. 운동을 배우고, 강의를 등록하고, 여행을 간다. 원데이 쿠킹 클래스를 듣지만 집에 오븐을 설치하진 않거나, 전자책을 읽고 유료 독서 모임에 나가긴 해도 종이책은 신중히 사는 식이다. 부동산 때문에 윗세대하고는 물론 같은 세대 안에서도 점점 격차가 커지고 있었다. 시늉에 가까운 청년 주택 같은 걸로 해결될 문제가 아니었다. 청년 주택은 자재를 덜 쓰라는 법이라도 있는지 층간 소음이 난리도 아니게 지어놓고, 쓰레기도 제대로 치워주지 않는다는 뉴스를 보고 쓴웃음을 지을 수밖에 없었다. 공공의 것이 민간의 것보다 나아야 하지 않나? 어설프게 만든 공유 주택들은 더 기분 나빴다. 하루에 세 시간씩 출퇴근에 쓰기 싫어서 떠도는 젊은이들을 등쳐먹으려고 눈이 빨개서는……. 떠돌면서 겨우겨우 수면에 떠 있다. 청장년기를 지나 중노년기에 접어들어 수입이 적어지면, 삶을 어떻게 꾸려야 할지 잘 상상되지 않는다. 그 상상이 힘들어 일단은 일상을 가볍고도 풍성하게 꾸려나가는 것에만 집중한다.

끝없이 성장하던 시대가 끝났다는 것만은 확실히 알고 있다. 아무것도 지속되지 않을 것이다. 윗세대가 오해하듯이 나른한 패배주의에 빠진 것이 아니고, 그저 팩트들이 가리키는 지점을 담담하게 바라보는 것이다. 속지 않으면서, 속이려는 모든 시도들이 실없다고 여기면서. 이 작은 행성에서 무언가가 무한하게 성장할 거라고 주장했었다니, 그런 걸 예전엔 잘도 믿었구나 싶었다. 20세기의 진취적이고 무책임한 표어들이 힘을 잃어갈 때 태어난 걸 뭐 어쩌라고? 잘 속지 않는 세대에 속했다는 것에만큼은 자부심이 있다. 참지 않는 세대에 속했다는 것에도.

"직장 상사들이 요즘 애들 분석하는 책 보고 사내 모임 하고 그러는 거 너무 웃겨. 실컷 끄덕끄덕하고는 꼰대같이 굴어서 신입들이 다 도망간다니까? 80년대생이나 그래도 참고 다니지 90년대 생들은 아니다 싶으면 다음 날 나가버린다?"

회사에 다니는 친구는 10년 후가 잘 보이지 않는

다고 했다.

"프리랜서들의 사정은 더 안 좋아. 외주의 외주의 외주, 하청의 하청의 하청을 하다 보면 망하는 것 말고 다른 선택지가 없는 것 같다고."

어떨 때는 완전히 망하는 걸 보고 싶기도 하다. 완전히 망했다가 재편되는 것을……. 하지만 망하는 동안 가장 다칠 것이 아라의 세대라는 것이 두려웠다. 노벨상을 받은 경제학자들이 낙수 효과 모델이 실패했다고 말하기 전에 그걸 체감한 세대였다. 초과 이익이 찔끔, 하고도 흐르지 않는 걸 알고 있었다.

20대 내내 몸담고 있었던 출판에서 몸을 슬쩍 뺀 것도 그래서였다. 처음 일하기 시작했을 때보다 더 엉망인 계약서를 받게 된 것이 충격이었다. 원고료도 외주 편집비도 번역료도 1990년대부터 오르지 않은 것이나 다름없었다. 호황기를 한참 지나왔고, 성공적인 결과물이 드물게 나오게 된 걸 감안해도 생산하는 역할에 가까울수록 가난해진다는 점이 이상한 업계였다. 매년 진저리나게 후진적인 사건들이 일어났고 정말로 개선시킬 수 있는 사람들은 그럴 의지가 없어 보였다. 책을 사랑하는 이가 나타나면 단물을 쏙 빨아먹고, 그이가 자기 목소리를 가지고 말하기 시작하면 다른 이들로 얼른 대체해버리는 게 아닌지 오래 의심했다. 의심에서 그치지 않고 파열음을 만들면, 메아리 없이 솜처럼 삼켜졌다. 반향이 없었다. 할 만큼 한 것 같았다. 지겨워서 다른 업계로 향했다. 웹에도 가보고 영상에도 가보았다. 각자의 방식으로 이상했지만 이상함을 저글링하면 그럭저럭 견딜 만했다. 여기가 싫으면 저기 가서 풍덩, 저기가 싫으면 거기 가서 풍덩 하는 식으로 인력 유출의 사례가 되기로 했다. 그래도 책을 가장 사랑한다는 생각으로 가끔 북받쳐오르면 저작권 편취, 성폭력, 부당 해고 등이 번갈아 일어나 안쪽의 온도가 떨어졌다.

　지쳐 있고, 피로했다. 나이에 어울리지 않는 피로감으로 젊은 사람들이 늙어 있었다. 변하지 않는 세계, 나눠주지 않는 세계, 가혹한 방향으로 나빠지기만 하는 세계에서 노화는 가속화된다. 무슨 지원금을 받기 위해 의무적으로 들어야 하는 수업에서 심리 테스트를 받았더니 은퇴자의 심리에 가깝다고 해서 웃었다. 결과를 보니 삶의 질을 가장 우선시한다며, 벌써 그러면 안 된다고 강사에게 한 소리를 들었다. 삶의 질을 희생시키고 얻을 게 있어야 스스로를 연료 삼아 불태울 게 아닌가? 한때 좋은 시절을 보낸 사람들한테나 통할 말이다.

"얼 터퍼처럼 살고 싶다."

"그게 누군데?"

"터퍼 웨어를 발명한 사람. 그걸 빵 터뜨린 다음에 회사를 통째 팔아버리고 코스타리카에 섬을 하나 사서 죽을 때까지 거기 살았대."

이른 은퇴가 밀레니얼 세대의 꿈인 것이 이상하지 않았다. 그러나 실제로 이른 은퇴에 성공할 사람들은 한 줌일 것이다. 시간이 흐를수록 더 가난해지지나 않으면 다행일 터였다. 기후 위기와 경제 위기에 시달리며 비참한 디스토피아 영화처럼만 되지 않기를 바랐다. 떠올린 김에 환경 단체에 기부를 한다. 가난한 밀레니얼 세대가 기부는 가장 많이 하는 세대인 게 어이없는 방식으로 마음에 들었다.

소용 없이 불안해질 때면 지나치게 미국식 유행이 아닌가 싶으면서도 명상 앱을 켜고는 한다. 호흡에 집중하고 현재에 집중하는 데 도움은 되니까. 무리하다가 무의미한 스트레스로 망가지고 싶지 않았다. 물론 앱에서 하는 말들은 제대로 따져보면 애매했다. 나쁜 기억과 몸속의 독소는 내뱉는 숨만으로 배출될 수 없을 테니 말이다. 요가 구루들 중에 악명 높은 범죄자가 있었던 것을 잊지 말고 늘 경계해야지 싶었다. 과학과 합리주의 쪽으로만 걷는 것이 목표였다. 안정된 뇌파와 질 좋은 수면 이상을 바라지 않기에 전생 체험 같은 신비주의적 헛소리를 하면 앱을 꺼버린다. 바이오 워싱 60수로 된 침구를 구비하고, 머릿속 노폐물이 잘 씻기기를 바라며 매일 잠든다. 꿈도 기억나지 않을 깊은 잠을 원

한다. 깨어 있는 시간이 혼란뿐인데 잠이라도 평안하기를.

방은 텅 비었다. 입구에 마음에 드는 우산이 기대어 서 있는 정도다. 우산 손잡이의 실밥 하나가 신경쓰인다. 가지런하고 건조하게, 화살표는 안으로 향한다. 미니멀리즘은 이 시대의 실용주의며, 허영이 아니라 생존 방식이다. 그것을 이해하는 사람들이 있고 영영 이해 못 할 사람들이 있을 터였다. 후자가 그간의 착취 방식이 먹히지 않고 젊은 세대가 다른 방향을 향하는 게 못마땅해 동동거리는 걸 보며, 아라와 아라의 친구들은 화가 난 채 웃을 것이다.

국제도서전 'XYZ: 얽힘entanglement'
《혼돈 삽화》, 2020년 10월

2020년 서울국제도서전의 리미티드에디션 《혼돈 삽화》에 실렸다.

밀레니얼 세대의 경험에 대해 써달라는 청탁이었는데,

한참 출판계에 실망스러운 일이 많을 때라 날카로운 소설이

나온 것 같다. 국제도서전 한정판이면 봐야 할 사람들이 보겠지,

하는 마음으로 전혀 날을 누그러뜨리지 않고 썼다.

몸담은 곳을 사랑했다가, 심한 염증을 느꼈다가,

다시 사랑했다가 하며 찌그러진 바퀴처럼 굴러가는 중이다.

애인은 제주도 사람이다

애인은 제주도 사람이다. 그래서 귤을 잘 먹지 않는다.

"외지인들이나 귤 좋아하지, 우리는 당도 체크할 때나 어쩔 수 없이 먹어."

어렸을 때부터 귤만 보면 사족을 못 썼던 나는 그 말을 도저히 이해할 수가 없었다. 하지만 나 같은 사람이 제주도에서 자랐으면 팔아야 할 귤을 다 먹어치워 혼나지 않았을까? 따뜻한 방에서 까먹고 또 까먹고 하면 깔끔하게 펼친 껍질이 기분 좋게 말라 갔다.

"귤 귀신이랑 만날 줄 알았으면 귤밭 팔지 말랄

걸 그랬다."

　냉한 구석이 있는 애인이지만, 함께 제주도에 갔을 때는 관광객용 귤 따기 체험에 같이 가줄 정도로 좋은 사람이다. 외지인이랑 사귀는데 수가 없지, 포기한 표정이 귀여웠다. 꼭지와 잎도 조금 남겨서 모양을 내 잘랐더니, 그렇게 뾰족한 부분을 남기면 박스 안에서 귤들이 서로 찔러 상한다고 프로답게 못마땅해했다.

　"그럼 박스에 안 넣고 내 가방에 따로 넣으면 되지. 잎도 이렇게 예쁜데?"

　"아까워라. 포장해서 파는 게 싸고, 직접 따는 게 더 비싸네."

　"도구 빌려주시고 안내해주시는 인건비 포함인 거잖아. 아까워하지 마."

　안내해주던 귤밭 주인은 밭 가장자리 돌담길에서 우리를 쓱 돌아보았다.

　"여기까지는 제 밭이고, 요 너머부터 우리 오빠 밭인데…… 똑같은 땅에 똑같은 방식으로 키워도 우리 밭 귤만 맛있어요. 오빠네 건 맛이 없어. 인덕이 없어 그런가?"

　네? 오라버니분이 인덕이 없어서 귤이 맛없다고요? 두 분 사이 괜찮으신가요? 나는 깜짝 놀라서 아무 말도 못 하는 동시에 속으로 수많은 말을 하고 있었는데 옆에서 애인이 낄낄 웃었다. 그러고 나서 돌담 너머의 귤도 맛보기로 좀 받았는데 정말 맛이 없어서 신기했다……. 인덕과 당도를 어떻게 연결시켜야 할지 모르겠지만 잘 아는 분들이 그렇다면 그런 거겠지 싶었다.

　애인의 가족들은 이제 제주도에 살지 않아서, 섬의 서쪽에서부터 시작해 여러 번 숙소를 옮겼다. 숙소에도 귤이 있었고 식당에도 귤이 있었다. 오분자기 뚝배기집 사장님은 계산대 옆에 귤 박스를 두고 나가는 손님에게 귤을 집어가게 했는데, 손이 작은 손님들이 한두 개만 집어가면 약간 화내듯이 말했다.

　"아니, 열 개는 집어가셔야지! 두 개는 뭐 애기도

아니고!"

여행 내내 실컷 귤을 먹었지만 전혀 질리지 않았다. 그리고 문득, 애인이 귤을 잘 먹지 않는 것은 사실 상황이 여의치 않아 팔아버렸다는 옛날의 귤밭이 그리워서 그런 게 아닐까 하는 생각이 들었다. 내가 떼어주는 귤을 한 쪽씩 먹을 때마다 매번 그밭의 귤보단 못하다고 말했기 때문이다. 그 마음을 애써 모른척하기로 했다.

마지막 날 간 성게 국숫집 벽에는 '개를 동반한분, 발이 젖은 분은 바깥 테이블에서 식사하세요'라고 쓰여 있었는데, 바다에 발을 담갔던 우리가 바깥테이블에 앉아 있자 국숫집 사장님이 바삐 나와 살피며 물었다.

"강아지는 어딨어요?"

아, 강아지 보고 싶으셨구나……. 아뇨, 겨울에발이 젖은 사람들일 뿐입니다. 괜히 죄송했다.

그 즐거웠던 여행의 기억은 이제 희미해졌고, 올해는 모든 것이 힘들었다. 나보다도 애인이 특히 힘

들어했는데, 직장에서 자기 잘못이 아닌 문제에 휘말려 난처해진 것까지 더해져 영 시무룩해했다. 애인은 입맛을 잃었고 살이 내렸고 가끔 누워 있는 모습이 너무 납작해서 나까지 놀랐다. 사랑하는 사람이 납작해지는 것은 아무래도 속상하다.

신맛으로 다시 입맛을 깨워주고 싶어, 몰래 감귤 식초를 주문했다. 요리에 쓸 수도 있지만, 더운 계절에는 칵테일에 손이 먼저 갔다. 내 것은 럼과 3대 1 비율로 섞어 설탕을 넉넉하게 타 다이키리로 만들고, 애인을 위해서는 애인이 좋아하는 블러디메리를 만들었다. 보통의 블러디메리 레시피에서 토마토주스의 4분의 1쯤을 감귤 식초로 대체해 갔다. 그런 다음에 누워 있던 애인을 일으켰다. 쭉 들이켜 맛을 본 애인이 눈을 반짝 떴다.

"평소보다 더 맛있게 됐는데?"

역시 귤 좋아하면서, 하고 놀리고 싶었지만 내일 아침 샐러드에 뿌려주며 고백하기로 하고 꾹 참았다. 블러디메리는 효과가 있어서 애인은 저녁 메뉴를 신중히 고민하기 시작했다. 콧등이 평소보다 빨개진 옆모습이 참을 수 없이 귀여웠다.

그날 밤, 아침 안개가 자욱한 귤밭을 걷는 꿈을 꾸었다. 가본 적 없는 곳이지만 애인의 귤밭인 걸 알 수 있었다. 가지마다 보석 같은 귤들이 매달려 있었고 하나를 따면 손바닥이 묵직해졌다. 안개는 도시의 것처럼 독하지 않고 숨 쉬기가 편안했다. 커다란 바구니가 전혀 무거워지지 않는 걸 깨닫고도 한참 꿈속에 머물렀다.

'명인의 식초'

현대식품관 〈투홈〉, 2020년 12월

백화점에서 소설 청탁이 와서 놀랐었는데,

주어진 항목이 지역 명인이 만든 식초라기에

어쩐지 도전해보고 싶어졌던 기억이 난다.

식초를 적재적소에 잘 쓸 수 있게 되면 요리 실력이

한 단계 올라가지 않나 평소 생각했던 것이다.

그저 식초에 대해 쓰고 싶었는데 큰 사랑을 받은 엽편이

되어서 기뻤다. 여자친구도 남자친구도 아닌 애인이란

단어를 마음껏 써본 소설이기도 하다.

현정

서울에 진도 7.2의 지진이 일어났을 때, 현정은 합정의 지하 서점에 있었다. 서울은 전혀 대비가 되어 있지 않았다. 순식간에 모든 것이 무너져 내렸을 때, 현정은 머리와 목을 감싸며 몸을 웅크렸다.

그 재난 속에서 현정에게 유리했던 점은 아래와 같다.

1. 현정의 머리 위로 튼튼한 철제 책장 두 개가 절묘한 시옷 자 형태로 쓰러져 지붕이 되어줬다.
2. 현정은 거북이처럼 백팩을 메고 다니는 편이었다. 그 무거운 백팩에는 사은품으로 받은 LED 간이 독서등

과 생수 한 병, 초코칩 쿠키 한 박스, 보조배터리가 들어 있었다.

3. 소설 코너 앞이었다.

이 이야기는 현정이 지진으로 무너진 서점에서 읽은 열일곱 권의 소설에 대한 이야기다.

물론 현정이 처음부터 침착하게 독서를 시작한 것은 아니었다. 크게 다친 데가 없다는 걸 확인하자마자 구조 요청을 위해 전화기를 꺼냈지만, 신호가 잡히지 않았다. 서울 전체가 마비된 걸지도 몰랐다. 거의 마감 시간에 가까웠던 서점은 평소보다 비어 있었는데, 그래서인지 현정의 근처에서 다른 사람의 기척은 느껴지지 않았다. 먼지 냄새, 지하의 냄새, 살이 벌어진 냄새가 났다. 마지막 것은 착각이었으면 싶었다.

현정이 사려고 골라 들었던 책은 실비아 플라스의 《벨 자》였다. 그 와중에 품에 안고 웅크렸었다. 플라스의 책을 한 권, 한 권 모으는 중이었다. 현정은 살면서 몇 번쯤 자신의 죽음을 상상해본 적이 있지만, 지진에 매몰될 줄은 차마 몰랐다. 책을 안고 짧게 울었다. 손등으로 눈물을 받아 핥았다. 수분을 아껴야 했다. 짰다.

클립형 독서등을 어깨에 고정시켜 《벨 자》를 다 읽고, 다시 통화를 시도해보았으나 실패했다. LED는 열기 없이 흰빛을 발했다. 해가 밝으면 상황이 나아질까? 시계를 보니 아직 새벽이었다. 눈을 감아 보았지만 잠은 오지 않았다. 잠들면 체온을 더 잃을 게 분명해서 오히려 나왔다.

기운 책장의 가장 아랫단에서 오노 후유미의 〈십이국기〉 중 한 권,《히쇼의 새》를 꺼냈다. 친구가 추천해준 이후로 좋아해온 시리즈였다. 그 앤 지금 어디 있을까? 그 애의 집도 무너졌을까? 그러고 보니 오노 후유미는 지진 같은 천재지변이 일어나는 식蝕 때, 다른 세계로 떠밀려 가는 사람들이 있다고 썼었다. 눈을 뜨면 다른 세계였으면 좋겠다고, 현정은 어린 시절 이후 품은 적 없는 소망을 품었다. 좁아서 등이 아팠다. 자세를 바꾸려고 노력했는데 혹시나 머리 위의 아슬아슬한 균형이 깨질까 조심스러웠다.

어린 시절 축약본으로만 본 《해저 2만 리》도 발밑께서 발견했다. 얼마 전 인상 깊게 읽은 《우리가 볼 수 없는 모든 빛》의 주인공 마리로르가 점자로 읽던 책이었다. 책과 책이 연결된다는 게 항상 신기했다. 그 연결망 위를 탐험하며 충분히 살고 싶었다. 낙천적인 19세기 과학자, 아로낙스 박사는 네모 선장과 여행하며 온갖 걸 잡아먹었다. 펭귄도 먹고, 듀공도 먹고, 거북이도 먹고, 고래도 먹고, 왈라비도 먹고, 갈매기도 먹고……. 모조리 입으로 직행하는 것 아닙니까, 현정은 거리감을 느껴버렸다. 덕분에 식욕은 덜했다. 목이 마른가? 가만히 자신의 상태를 체크했다. 아직은 괜찮은 듯했다. 소변을 보았는데 아주 짙은 소변이 조금 나왔다. 몸이 알아서 물을 아끼고 있는 것 같았다. 현정은 다른 나라에 큰 지진이 날 때마다 얼마나 타들어가는 마음으로 뉴스를 보았던지를, 큰돈이라 할 수 없는 성금을 보내며 그것밖에 할 수 없는 자신이 어찌나 작게 느껴졌던지를 떠올렸다. 먼 곳의 누군가도 지금 그렇게 서울을 생각해줄까? 그럴 것이다. 그 멀고 희미한 선의는 현정에게 끝내 닿지 않을지 몰라도 세상이 재난만으로 이루어져 있지는 않다는 걸 언제나, 언제나 믿고 싶었다. 그래서《오래된 골동품 상점》을 펼쳤다. 찰스 디킨스를, 특유의 따뜻함을 좋아했다. 디킨스의 인물들은 옛날 사람처럼 장황하게 말을 해서 부담스러울 때도 있지만, 그야 뭐 옛날 사람이니까. 주인공인 작은 소녀 넬이 행복해지면 좋겠다고 바랐다. 현정이 넬의 행복을 바라면, 왠지 넬도 현정의 구조를 바라줄 것만 같은 기분이 들었다.

그다음에 찾아낸 책은《꿈꾸는 책들의 미로》였다.《꿈꾸는 책들의 도시》의 속편으로, 곧 읽으려고 계획했던 책이었다. 운이 좋았다. 부흐하임의 지하 묘지에 살며 독서로 칼로리를 얻는 부흐링처럼, 현정은 자신의 상황을 잊고 책에 푹 빠지고 말았다.

오만하면서도 귀여운 힐데군스트 폰 미텐메츠는 여전했다. 다만 다 읽고 나니 화가 났다. 발터 뫼어스, 소설을 이렇게 말도 안 되는 곳에서 끊은 다음 몇 년을 기다리게 만든단 말인가! 만약 여기서 살아나가지 못하면 죽는 순간에 그 독일 아저씨를 원망하고 말리라, 현정은 꺼져가는 체력으로 투덜거렸다. 초코칩 쿠키를 하나 먹고 손바닥으로 몸을 마찰하며 체온이 떨어지는 걸 늦추려 노력했다. 좁아서 쉽지가 않았다.

애호가, 탐욕스러운 애호가로 살아온 짧은 인생이었다. '내 작가'로 부를 수 있는 작가가 한 명 늘 때마다 몸을 떨면서 기뻐했었다. 어쩌면 벌써 죽어버린 건지도 모른다. 여기는 탐욕스러운 독서가를 위한 지옥 같은 게 아닐까, 현정은 혼미한 머리로 생각했다.

아니, 아니다. 그럴 리 없다. 그건 아닌 것 같다. 대체 뭘 잘못했다고? 독서욕은 다른 탐욕과는 다르다. 왜 다른지 당장 설명할 수 없지만 다를 게 틀림

없다. 현정은 마지막 순간까지 읽겠다고 마음을 다잡았다. 노년을 위해 눈을 아껴 썼었는데, 이제 와선 정말이지 쓸데없는 노력이었구나 싶었다.

《오 봉 로망》을 읽었다. 출판사에서 기획하여 만드는 베스트셀러가 아니라 진실로 '좋은 소설'만 감별해서 서점을 운영하려던 사람들이 살해 협박을 받는다는 내용이었다. 논쟁적이고 흥미로웠다. 책에 대한 소설만큼이나 서점에 대한 소설도 늘 재밌었다. 서점에서 죽는 게 나쁘지 않을 수도 있겠다 싶었다. 훨씬 나쁜 곳에서 죽을 수도 있었을 테니까.

국내 소설이 좀 읽고 싶군, 현정은 아쉬워했다. 5미터만 가면 국내 소설 서가도 있을 텐데 잔해 더미 너머 그 5미터가 무한대의 거리로 느껴졌다. 물을 약간 마셨다. SF는 없을까, 현정은 책 더미를 조심스럽게 뒤져 두 권을 찾아냈다. 엉망으로 무너져, 책들이 더럽혀지고 상한 게 신경 쓰였다. 현정이 찾아낸 것은 테드 창의 《소프트웨어 객체의 생애 주기》와 존 스칼지의 《작은 친구들의 행성》이었다. 두 권

다 거의 달았다. 단맛이 났다. 좋은 책에서는 단맛
이 난다고 현정은 평소에 생각했었다.

도나 타트의 《황금 방울새》도 발견했다. 쪽마다
강렬해서 현정은 절망적인 상황을 모두 잊을 수 있
었다. 도나 타트도, 테드 창도 살짝만 더 다작해주
면 좋겠다고 투덜대긴 했지만, 작가 고유의 호흡을
존중해주고 싶을 만큼 좋아하기도 했다.

좋아하는 마음으로, 좋아해서 조바심 나는 마음
으로 기다렸었다. 그게 현정의 일이었다. 기다리는
것. 다음 책을, 다다음 책을. 새로운 작가를 만나기
위해 모험하고 실패도 하면서. 평균 수명을 기준으
로 매년 몇 권이나 더 읽을 수 있을까 계산해가며.
조지 R. R. 마틴이 독서가는 죽기 전에 천 번의 삶을
사는 거라고 말했는데 새삼 큰 위로가 되었다. 오늘
죽는다 해도 나는 천 번을 살았어, 현정은 추위에
괴로워하며 중얼거렸다. 조지 R. R. 마틴의 책은 손
에 닿는 게 없었다.

하필 다음으로 찾아낸 책이 온다 리쿠의 《여섯

번째 사요코》였다. 소름이 돋았다. 무서운 소설을 읽기에 환경이 좋진 않았다. 그래도 현정은 소름을 손바닥으로 쓸어 가라앉히며 끝까지 읽었다. 끝까지 읽을 수밖에 없는 이야기였다. 조세핀 테이의 《브랫 패러의 비밀》도 읽었다. 아름답기 그지없는 추리 소설이었다. 감각적이었다. 주인공들이 말을 타면 마른풀 냄새가 나고, 음식을 먹으면 맛이 느껴지고, 절벽에 햇빛이 어리면 눈이 부셨다. 현정은 감탄했다. 언니, 왜 그렇게 일찍 죽었어요? 한 열권만 더 쓰고 죽지. 아쉬워하며 책장을 닫았다. 그러고 보니 엄마와 언니는 어쩌고 있을까. 집을 떠난 지 오래, 엄마와도 언니와도 굉장히 가깝진 않았다. 상황이 이렇다고 다정한 말을 남기기엔 겸연쩍었지만, 현정은 전화기를 켜서 메시지를 작성했다. 혹시나 몰라서 메모장에도 한 번 더 남겼다. 언니와 엄마가 살고 있는, 현정이 떠나온 소도시는 서울에서 멀었다. 두 사람은 아마 무사할 것이다. '언니, 구해줘'라고 적었다가 지우고 '지진이니까 어쩔 수 없었어'라고 바꿔 적었다.

쿠키를 먹고 물을 마신 다음, 현정은 과감한 행동을 했다. 쓰러진 책꽂이 너머로 팔을 깊숙이 넣어 다른 책꽂이에서 떨어진 책들을 이쪽으로 끌어온 것이다. 기운 책꽂이가 아예 무너질까 봐 걱정하면서도 손을 멀리 뻗었다. 바로 뒤쪽의 책꽂이는 청소년 소설이 꽂혀 있었던 모양이다. 현정은 기쁘게 로알드 달, 알키 지, 루이스 새커의 책을 찾아냈다. 로알드 달의 책은 《마틸다》였다. 다시 읽어도 재밌었다. 책의 말미에 로알드 달이 자주 했던 말이 써 있었다. "내가 생각하기에 친절이야말로 인간이 가진 것 중 최고의 자질이다. 용기나, 관대함이나 다른 무엇보다도 더. 당신이 친절한 사람이라면, 그걸로 됐다." 그의 책은 친절한 사람을 얼마나 많이 만들었을까? 현정은 울다가, 사후 세계가 있다면 로알드 달이 먼저 건너간 세계일 거라고 생각했다. 알키 지의 《연보랏빛 양산이 날아오를 때》와 루이스 새커의 《수상한 진흙》 역시 아껴 가며 읽었다. 청소년 소설은 과소평가되는 경향이 있다는 게 평소의 불만이었다.

그다음부터는 온전한 책이 남아 있지 않아 훼손된 낱장들을 긁어모을 수밖에 없었다. 도무지 어떤 책의 부분인지 알 수 없는 쪽들도 많았지만, 종종 읽은 책을 알아보면 반가웠다. 더글러스 애덤스의 《영혼의 길고 암울한 티타임》의 몇 장을 발견하고 웃었다. 알고 있는 농담에 한 번 더 웃는 것은 즐거웠다. 《한여름 밤의 꿈》도 한 뭉치 발견했다. 4백 년 전에 죽은 먼 나라 작가의 번역된 글이 왜 이렇게까지 재밌지? 비극보다 희극을 좋아했다. 마지막으로 《리시 이야기》의 일부를 발견하고는 약간 비명을 지르고 말았다.

스티븐 킹이 오래 살기만을 얼마나 바랐는지. 그놈의 교통사고만 안 당했어도…… 하고 투덜거리며 현정은 애작가의 건강을 걱정해왔었다. 스티븐 킹의 건강이 아니라 자신의 건강이 문제가 될 줄은 꿈에도 몰랐으니. 하지만 《리시 이야기》를 손에 쥐고 있자, 세계가 멋진 작별 인사를 해주는 듯한 느낌이 들었다. 킹의 수많은 작품 중에 가장 좋아하는 셋을 고르라면 《리시 이야기》, 《돌로레스 클레이본》, 《조이랜드》였다. 마이너한 취향이 아닐 수 없었다. 사람마다 얼마나 다르게 고를까? 그 선택만으로 그 사람에 대해 얼마나 많은 것을 알 수 있을까? 현정은 낱장들로 몸을 덮었다. 별로 보온에 도움을 받진 못했다. 잠이 왔다. 보조배터리를 전화기에 연결시켰다. 잠들어도 발견될 수 있도록.

나, 특별한 사람은 전혀 아니었지, 하고 현정은 잠결에 중얼거렸다. 그래도 매일매일 안쪽은 아름다운 인용구들로 가득 차 있었다. 책에는 밑줄도 안 긋고, 접지도 않았지만 문장들을 한껏 흡수했다. 나쁘지 않았다고 스스로 평가할 만했다. 움츠릴 대로 움츠려 무릎을 껴안은 지금의 자세 그대로 인용 노트가 될 수 있을 것 같았다. 접히고 맞닿은 부분까지 체표 면적을 계산한다면 몇 쪽짜리 노트일까? 뒷부분이 남아 있는 노트일 것이다. 현정은 그런 엉

뚱한 상상을 하며 잠들었다. 잠들면 위험하다는 걸
알면서도.

체온이 내려가고, 현정의 의식도 깊은 곳으로 미
끄러져서 듣지 못했다. 전화기에서 페이지가 갱신
될 때 나는 사각, 소리가 나는 것을. 통신이 복구되
었던 것이다.

알라딘17주년기념 짧은소설 모음 '열일곱'
2016년 7월

어떻게 봐도 알라딘 중고서점 합정점을 무너뜨렸는데,

알라딘 쪽에서는 전혀 신경 쓰지 않아 다행이었다.

소설을 처음 쓰기 시작했을 때, 저는 쓰고 싶은 이야기들과 쓸 수 있는 에너지가 넘쳤습니다. 그래서 한 달에 단편 두 편을 쓰며 장편소설도 동시에 쓰곤 했지요. 제가 몰랐던 것은 그럴 수 있는 시기가 그리 길지 않다는 것이었습니다. 다른 영역에 계신 분들도 비슷한 경험을 하시는지 궁금합니다. 누구나 그런 폭발적인 시기에 마음껏 생산할 수 있는 환경이면 좋겠다고 기원하게 되었습니다.

이제 저는 화학반응이 화려하게 일어나던 시기를 지나왔고, 예전보다 천천히 글을 쓰고 있습니다. 단편을 1년에 한 편도 쓰지 못하고 장편도 구상하고 준비하는 날들이 길어졌습니다. 새 글을 쓰기 위해 예열하며, 완성해둔 글들을 다시 들여다보기도 합니다. 그러다가 즐겁게 썼던 짧은 소설들이 드디어 한 권이 되었다는 것을 깨달았습니다.

원고지 5매에서 50매 사이의 짧은 소설은, 좋아하는 사람들은 좋아하고 좋아하지 않는 사람들은 좋아하지 않는 듯합니다. 저는 좋아하는 쪽에 속합니다. 이렇게 모아보니 10여 년에 걸쳐 각기 다른 지면에 발표했지만 하나의 이야기처럼 느껴져 신기합니다. 이어지고 닮은 부분을 함께 발견해주셨으면 하고 묶었습니다. 긴 분량의 소설들보다 직설적인 면이 두드러져, 다정한 이야기들은 더 다정하고 신랄한 이야기들은 더 신랄합니다. 부드러운 진입로가 필요 없는 분량이어서 그렇겠지요. 그 완충 없음을 좋아하는 것 같습니다.

느리게라도 꼭 해야 하는 이야기들을 찾아서 또 인사드릴 때까지 기쁜 우연들만 만나시길 바랍니다.

2022년 8월

정세랑

정세랑

1984년 서울에서 태어났다. 2010년 《판타스틱》에 〈드림, 드림, 드림〉을 발표하며 작품 활동을 시작했다. 2013년 《이만큼 가까이》로 창비장편소설상을, 2017년 《피프티 피플》로 한국일보문학상을 받았다. 소설집 《옥상에서 만나요》, 《목소리를 드릴게요》, 장편소설 《덧니가 보고 싶어》, 《지구에서 한아뿐》, 《재인, 재욱, 재훈》, 《보건교사 안은영》, 《시선으로부터,》, 에세이 《지구인만큼 지구를 사랑할 순 없어》가 있다.

아라의 소설

© 정세랑, 2022

초판 1쇄 발행 2022년 8월 24일
초판 2쇄 발행 2022년 9월 16일

지은이 정세랑

펴낸곳 (주)안온북스 펴낸이 서효인·이정미 출판등록 2021년 1월 5일
제2021-000003호 주소 서울시 마포구 월드컵로14길 28 301호
전화 02-6941-1856(7) 홈페이지 www.anonbooks.net
인스타그램 @anonbooks_publishing
디자인 오혜진 제작 제이오

ISBN 979-11-978730-6-5 03810